我在麗江　有個門牌號碼

甯育華 · 著

女書生活館

contents

夢想，生活在

他

方

二○○五年五月，我們全家第一次到雲南麗江旅行。

二○○六年二月，我們把家從台北搬到麗江，帶著念小二的兒子和牙牙學語的女兒，一家四口展開全然未知的人生旅程。

傾聽心底的聲音

Follow your heart.

外國電影裡常出現這樣的台詞。傾聽你心底的聲音。

在現代社會，真的有機會、有時間可以靜下來傾聽自己心底的聲音，這樣的人可能少之又少。

當我們全家搬到遙遠的雲貴高原──這個在地理課本上才讀得到的名詞，我相信，這次我是傾聽自己心底的聲音，並且攜家帶眷循著發聲的所在走去。

常有人質疑、好奇或羨慕我們移民到麗江的決定。

如果說我們憑藉的是什麼？既不是年輕時荷爾蒙作祟，也沒有大筆資金做後盾，說穿了，應該還是我和老公一鼓作氣的「愚勇」吧！

另一半是台視的攝影記者，優退之前是新聞節目製作人，而我遊走於不同雜誌之間，最後又回到「自由撰稿人」，倆人從事傳播工作加起來超過三十年，應構得上所謂的中產階級。只是我倆既無積蓄，也不善於理財，手邊所有只是一棟四十幾坪房子，還有可預見未來二十年得繼續支付的房貸。

最無價的資產就是一個念小學的寶貝兒子和還在學說話的小女兒。除此之外，我們一無所有。

一無所有到一無所失

一無所有的好處是一無所失。

當老公提議：「我們何不搬去麗江住？」乍聽之下，只覺得他頭殼壞去了，雙子座的腦袋又冒出了些瘋狂不可行的餿主意，後來仔細想想，這個主意也非真得那麼壮格。「若行不通，就再搬回台北就是了，有什麼大不了？」我以射手座的超大條神經做出如是反應。

只是，在台北有關心我們的親人，有數十年的老朋友，有熟悉的市場和最喜歡的餐廳，有二十四小時不打烊的書店，有睡不著時可以光顧的宵夜小吃……。反觀麗江有什麼？一座終年積雪不化、美得像張明信片的玉龍雪山；有座感覺

作者簡介

甯育華，祖籍四川，1967年生於台灣高雄鳳山，小學畢業後舉家搬到台北；27年後，決定攜家帶眷移居中國雲南麗江。

政大新聞系畢業，美國Emerson College政治傳播碩士，曾任TVBS周刊副總編輯、TO'GO旅遊情報總編輯、商周編輯顧問公司編輯總監。喜愛文字，寫過幾本書，希望日後繼續發掘、書寫豐富多彩的雲南印象。

不盡真實的古城小橋流水，有高海拔的新鮮空氣，還有穿著五顏六色民族服飾卻又叫不出名稱的少數民族。在麗江，沒有親戚，沒有朋友，沒有明星學校，沒有街角的7-11和Starbucks。一旦孩子生病發燒，還真不知道要去哪兒看病才好！

也曾瞻前顧後，考量異地人生地不熟，想到治安、醫療設施，和孩子學習環境……，考慮愈多，擔心也愈多。後來索性確定大方向，其他可能面臨的問題就見招拆招，走著瞧。

選擇不同的生活方式

無論是中年移民，或選擇移居城市，除了評估客觀條件，其實最難割捨的還是感情因素。

人到中年僅存的幾位知心老友，熟悉城市每個街頭巷尾曾留下的回憶，沈澱成厚實難以割捨的包袱，跟著我們一路前行。也許我們都想變，也都懼怕變化，尤其是離開所生所長的城市，難免忐忑：沒有二十四小時不打烊的便利商店，沒有熟悉的豆漿包子飯團，沒有方便的捷運，沒有五花八門的第四台，沒有熱鬧膻情的媒體八卦……所有熟悉的、也許埋

怨過千百回的人事物，一旦從生活裡完全消失，可能真得悵然若失，手足無措？

若說心裡完全沒有一點不安，那是騙人的。特別是父母和婆婆年事已高，不在身邊承歡膝下也就罷了，還讓老人家為我們中年移民，特別是舉家搬到人生地不熟的麗江暗自操心。也曾擔心寶貝兒子，怕他到異地異鄉飲食不適應，學習趕不上，生活不開心。只是，我們深知若一朝思慮周全，真的為所有問題找到答案，此時此刻，我們可能人還在台北，周而復始地在原本生活裡打轉，只有夜深人靜時才敢偷偷回顧當初未能實現的夢——夢想著生活在他方。

於是，我們大著膽子築起夢，找尋中年後的第二個城市和第二個家。

二○○六年的七夕，我們人在麗江，沒有玫瑰花束，沒有緞帶禮物，沒有燭光晚餐，只有幾枝金黃色的向日葵插在花瓶裡，原來那是老公一早拿著剪子出門搜括的傑作。我看著他，笑了笑，這就是一個平凡且完美的七夕情人節了，為什麼不呢？

故事發生在

麗江

中國優秀旅遊城市。
全球人居環境優秀城市。
歐洲旅客最喜愛的中國城市。
中國最令人嚮往的十個小城市之首。
二○○六中央電視台票選中國魅力城市。
地球上最值得去的一百個小城市之一。

　　納西古王國、象形文古國、殉情之都、東方女兒國、香格里拉……，這些桂冠都落在同一座城市——中國雲南麗江。

　　這個隱身雲南西北，距省會昆明公路距離五百多公里的小城，因為一九九六年二月三日的一場七級地震，造成三分之一的古城建築倒塌、三百多人死亡，意外地將麗江古城的名字推向世界舞台。

　　麗江古城建於南宋末年，迄今有八百年歷史，在一九九七年十二月四日為聯合國教科文組織列入世界文化遺產，另一個獲此殊榮的中國古城是具二千七百年歷史的江西平遙古城。如今麗江是全中國唯一具有「世界文化遺產」（麗江古城）、「世界自然遺產」（三江並流）和「世界記憶遺產」（東巴象形文字）三項桂冠的城市。

　　這座唯一以少數民族為主體居民的歷史文化古城，融合高原古城、納西文化和茶馬古道重鎮等特色，所在緯度和台灣相近（北緯廿五・五九～廿七・五六度），然而古城高達海拔二千四百五十公尺，幾乎接近中橫公路全段海拔最高的大禹嶺（二三五百六十五公尺）了。

　　大家熟悉的古城僅三・八平方公里，人口三十餘萬人。但以行政區來說　麗江市轄有一區四縣（古城區、玉龍納西族自治縣、寧蒗縣、永勝縣和華坪縣），面積二・○六萬平方公里，相當於五分之三個台灣大，人口僅有一百一十二萬人。其中又以少數民族居多，如納西族、白族、栗僳族、普米族、摩梭族、彝族等。

　　目前北京、上海、廣州、深圳、成都、昆明等各大城市每天都有班機直飛麗江。一九九五年建成通航的麗江機場海拔二千二百四十二公尺，十來年旅客吞吐量和航班起降架次成長五十倍，成為雲南發展速度最快，業務最繁忙的機場，也是僅次於昆明機場的第二大機場。

　　如今麗江已成為中國最有人氣的旅遊城市之一，觀光客逐年增長：二○○四年麗江接待海內外遊客三百六十六萬人次，旅遊總收入達人民幣三十二億元，旅遊業占麗江GDP的百分之五十。二○○六年觀光客突破四百萬人，這和二○○六年造訪台灣觀光客三百五十二萬人次的官方數字相較，似乎還略勝一籌。

01
偶然與 巧合

故事通常都是從一棟房子開始。我們的故事也不例外。

是偶然？還是巧合？我們竟然會在中國大陸雲南省麗江市買了一棟房子。而且嚴格來說，從頭到尾只仔仔細細地瞧過一回，幾乎是在48小時內就下定決心要在麗江買這棟房子。

別人肯定覺得我們瘋了。其實我深表同感。

想來想去，多多少少是爲了一圓我們尋尋覓覓「第二個家」的夢吧？

找尋第二個家

印第安人認爲，人的一生生活在兩個世界，一個是夢中的世界，一個是醒著的世界。當我們清醒地過日子時，心裡猶嚮往著一個夢中的世界，「第二個家」就是一個夢──猶如通往秘密花園，路徑曲折，卻值得我們在忙碌顛簸的生活節奏中努力探索。

你我或多或少都在找尋「第二個家」：也許是轉角的那家咖啡廳，忙裡偷閒看書也看人；也許是經常光顧的小吃店，老闆娘的好手藝總讓人想起媽媽的味道；也許是旅行時總要叨擾那面對太平洋的民宿人家，忙裡偷閒一兩天。

「第二個家」也可能是潛藏心中的一個夢想空間，一個可以「種樹、種草、種花、品酒、品詩、品茶、賞月、賞山、賞霞」的地方。一如《山居歲月》一書，帶給世人無限想像。曾任國際大廣告公司主管的作者彼得‧梅爾，在生命與事業的巔峰時刻，從紐約與倫敦的絢爛都會光圈淡出，偕愛妻與愛犬隱居南法普羅旺斯，找尋人生恬淡的山居歲月，卻意外將普羅旺斯推向世人，成爲最熱門的旅遊景點。

　　另一位懷抱異鄉購屋夢，是美國詩人芙蘭西斯‧梅耶思：「我打算在異國買棟房子，它有個美麗的名字：巴摩蘇蘿。高大、方正、杏色的外牆，褪綠色的防風百葉外窗，古色古香的瓦屋頂，二樓有個鐵欄杆陽台。我想從前的仕女們準喜歡坐在這陽台上，輕搖扇子，觀賞下面的爛漫花事……。」她不但夢想成真，在義大利托斯卡尼遇到了夢想之屋，而且還將這段美好際遇寫成了《托斯卡尼艷陽下》和《美麗托斯卡尼》。

　　在台灣，週遭不乏像芙蘭西斯‧梅耶思這樣敢於做夢的朋友。老友L是知名的攝影師，長年租屋於陽明山，坐擁台北千萬夜景，人人稱羨。誰知道他在台北縣碧潭山區買了一塊地，只為了量身訂製一棟屬於自己的房子。另一位曾經共事的F活躍於職場，能力倍受肯定，沒想到她毅然辭職遠赴花東，一心一意要開一間夢想民宿，只要一聽到有地要賣，便騎著鐵馬參觀，如今她仍在往夢想前進。

攝影：林明毅

荒蕪卻充滿想像的房子

　　你一定也有這樣的經驗：第一眼看到某位男士或女士，會突然心跳加速、呼吸急促、臉色潮紅、語無倫次……，暗想：「這回慘了！」因為你正陷入一見鍾情的陷阱。

　　嚴格來說，我與麗江小屋也是這般邂逅，只是少了臉紅心跳這段過程。

　　那是一排三層樓的連棟洋房，位於一個只有四十戶的小區，從小徑走到盡頭的邊間就是了。西式的洋房卻保留了納西民居的青瓦白牆，前院是一座荒蕪多時的庭院，長滿不知名的雜草，穿越雜草和廢土來到鋁門窗式的大門，室內只有一個顏色，就是從上到下鋪天蓋地的水泥灰色。這就是大陸典型全新、無裝修的「毛坯屋」。

　　不過，這一點也不妨礙我對這個房子的想像：一樓客廳有個挑高空間，介於客廳與廚房之間，有一扇大玻璃窗，這使得一樓空間變得明亮。步上醜陋的木頭旋轉樓梯拾級而上，二樓有兩房一衛，中間可做起居室。步上三樓，

兩間房都是斜頂，最令人驚喜的是，朝南的房間窗外是文筆峰，朝北的房間
則有著面對玉龍雪山的無敵山景，第一眼就令人怦然心動。

　三樓陽台很大，陪我一起看房子的妹妹笑說可以闢一個峇里島風的小陽
台、搞張躺椅和闊葉芭蕉之類的南洋風植物。正當我們姐妹倆在陽台發揮想
像力之際，老實說，我們全無概念：在這二千五百公尺的高原上到底適合種
些什麼植物？

一見鍾情

　原本不打算立刻做決定買下這個離家幾千里的房子。為何如此連戰速決，
如今回想起來，全屬偶然與巧合。

　我想，還是第一眼從窗外看到玉龍雪山的莫名驚喜吧！那種View是久居

水泥森林裡永遠想像不到的，任憑有再多的財富也無法把一座終年積雪的雪山搬到眼前，一年三百六十五天，一天二十四小時在窗外忠實守候。雖然日後我們發現，生活在麗江，玉龍雪山其實無所不在，在古城小巷、在新城大街，雪山總是靜靜矗立在哪兒，美得令人屏息，多變面貌令人百看不厭。

當然，事後也印證了，所有來麗江造訪的親朋好友，只要上了三樓書房，第一眼望出去看到玉龍雪山的驚呼，全都跟我初見時的感動沒有兩樣。

除了無敵雪山景，這房子大小恰到好處，室內近二百平米（約六十幾坪），幾乎是我們台北房子的兩倍大，一家四口綽綽有餘；加上三十多萬人民幣的房價，在台北連一間十坪小套房都買不到，我和老公幾乎有志一同：「就是這兒啦」！

貴 人 相 助

年紀愈大愈相信緣份這回事。數度來麗江，總遇到貴人相助，讓我們深信儘管這是全然陌生之地，但冥冥中自有指引。

首先是認識了台灣同胞小方。當初從台灣電視上的旅遊節目上看到這號人物遠嫁麗江，厚著臉皮拜訪了小方和她老公剛裝修好的新居，意外發現小區裡有房子待售，打開鐵門參觀後一見傾心。

還有素不相識、卻熱心腸的隔壁鄰居楊國芳主動打電話給屋主，幫我們討價還價；另一對意外結識的東北長輩高叔夫婦幾度熱心提供住所，讓我們一家人暫居麗江「考察」……，這些濃厚的人情都讓我們決定舉家遷居時，心情更加篤定。

於是，我們在距離台北千里之外的地方找到了「第二個家」，同時也展開了這趟從充滿意外的移民冒險之旅。

02

中年　移民夢

關於移民到麗江這件事，在台灣跟朋友解釋了不下百遍，「為什麼去麗江？」原來還準備申論式的長篇論述，最後有點懶得解釋，就成了簡答題：「陪兒子遊學兩年」。

有人嘴上不說，臉上卻明白寫著關心和疑慮：「你們這樣做是不是太草率了？」夫妻倆還搞不清楚自己未來要做些什麼，就帶著上小二的兒子和剛會走路的女兒一起去「冒險」？

我和另一半倒是很篤定：此時不去更待何時？

看不到光的城市

過去很喜歡一本書《在台北生存的100個理由》；曾幾何時，這100個理由也難以說服我繼續在這個城市苦中作樂。

從不奢望城市這「巨型壓力鍋」有朝一日可能變成「幸福製造機」，大家早已習慣與壓力共枕，「上司不給你壓力，琢磨是否因為自己沒有核心競爭力；老公不給你壓力，你琢磨他是不是三心二意；物價不給你壓力，你主動找房市股市賭氣；所有人不給你壓力，你擔心世界正離你而去。」大陸《新周刊》上看到一段話，傳神地形容現代人與壓力愛恨情結。

壓力之下，凡事透支：時間透支、經濟透支、感情透支、工作透支，連健康也透支。錢賺得愈多，也有越來越多人吃不下、睡不著。初入社會的年輕人成了「卡奴」，成家立業之後成了「車奴」和「房奴」，步入晚年成了「病奴」。

為了舒壓，有人定期到健身房報到，有人喜歡瘋狂血拼，有人迷上八卦偷窺、長期掛網、或收集發票報公帳……，減壓方式千奇百怪。當壓力指數逼近臨界點，當所有不正常的事情大家都司空見慣，甚至習以為常，可以嗅得到這社會暗湧的瘋狂氣味。

攝影：王惠雅

換個地方找幸福

　　每天看報紙，或二十四小時疲勞轟炸的電視新聞，看著政治人物荒腔走板歹戲拖棚，看著所謂「教育改革」越改越不知所云，看著社會貧富差距越大，越來越多不公不義，甚至傳統價值觀被改寫、被踐踏……從事傳播工作的我們既不能閉上眼睛，也不能關上耳朵，只能「全民大悶鍋」，悶啊！

　　大環境令人憂鬱，關起家門也不見得開心：每天早起送兒子云上學，送女兒去保姆家；下班後，夫妻倆隨便買個便當果腹，再去接孩子回家洗澡睡覺。週末活動不外乎逛大賣場、SOGO百貨、一○一大樓美食廣場。辛苦收

入拿來支付高額房貸、物價、保姆、安親班、汽油、水電、信用卡、保險費和家庭旅行……勉強支應。在貧富差距愈大的台灣，雙薪家庭不必然是「中產階級」，而隨時可能淪為「新貧階級」。

當所有的無力感無從化解，生活中面對的瓶頸沒有解答，我們寧可趁著前中年期提早退出職場，為自己的人生和家庭找尋不一樣的答案。

遇到一個喜歡的城市

考量移居城市時，自己不免反覆思量，排出一個「喜愛城市名單」。同時也第一回思考到，其實我們對於長久生活居住的城市，自主權極其有限，很多人只是因為土生土長、或求學、或工作、或結婚生子……，自此和城市一起老去，無論喜歡與否。

有些人很幸運，正巧住在一個所喜歡的城市，在其中一呼一吸，暢快自得。例如美國紐約，可能就是這樣一個魅力之都，即便在「九一一」之後，風華不曾稍減。我的幾個朋友就是這樣的「紐約迷」，即使房租物價超貴、治安疑慮、紐約人眼高於頂……還是打死不退，因為紐約的百老匯、古根漢博物館、大都會博物館、中央公園、唐人街、異國美食、蘇活購物……，每一樣都無可取代。

「三十五歲之前，我認定紐約是世上最棒的城市。我在加州念研究所，畢業後迫不及待地去紐約工作。一做五年，快樂似神仙。我愛紐約的原因跟很多人一樣：她是二十世紀以來世界文化的中心。豐富、方便。靠著地鐵和計程車，你可以穿越時間，前後各跑數百年。人類最新和最舊、最好和最壞的東西，紐約都看得見。」

暢銷書作家王文華這樣形容他所鍾愛的紐約。

有人著迷於京都的精緻、緩慢。美食作家韓良露便說：「京都於我，如一調慢生活節奏的打拍器：只要人到了京都，從車站前的紅綠燈口響起的〈流

城之月〉奇異的樂聲，就走進了一個緩慢、空靈、自我催眠的緩慢時空之中。」

如果眞得可以重新來過，每個人選擇居住生活的城市肯定大不同。這不僅跟當下的年齡、職業、經歷、情感、家庭狀況、心理態度……極有關聯，也和他的人生規畫、對生命的期待密不可分。

為什麼是麗江？

爲什麼不是美國洛杉磯？加拿大的溫哥華？或新加坡？又爲何不是上海、北京、或深圳？

老實說，選擇麗江是理想與現實妥協的產物。

曾在美國留學，愛極美東四季分明的自然風光和小城悠閒氣氛，但是移民美加，談何容易？就算眞的抽中移民樂透，到了之後我們這對中年夫妻能做些什麼？我們的孩子會樂於當起移民第二代嗎？移民到社會制度良善和教育進步的新加坡，也與我們慵懶個性大相違背，在一板一眼的新加坡，可能不敢放膽呼吸，或任意穿越馬路……。

於是，在台灣被冠以「外省第二代」標籤的我們想到移居中國大陸。語言文化相通，生活飲食習慣相近，適應起來應該較爲容易。眞的想家，買張機票飛回台北就是了。

只是移居大陸，與其住在上海、北京、深圳這一類大城市，還不如待在台北。我倆夫妻生平無大志，寧願選擇偏遠小城，反倒自在輕鬆。

二〇〇五年五月，全家麗江遊罷歸來，我原來計畫重回職場，分擔家庭經濟壓力，從電視台優退的老公突發奇想：「我們何不全家搬到麗江？」乍聽之下，覺得他頭殼壞去了，後來幾經思量，卻發現不失爲一個進可攻退可守的好主意。

移民麗江，有點瘋狂，卻想像無限。於是這想法慢慢發酵成形……

風景這邊獨好

「春風楊柳萬千條，風景這邊獨好。飛起玉龍三百萬，江山如此多嬌。」
這是郭沫若集毛澤東詩詞四句，用以形容麗江風光。

麗江的風光真得很美：每每望著玉龍雪山，總忍不住驚嘆；再加上古城的
小橋流水人家，真正一個活生生的古鎮，生活美感信手拈來。

此地位處滇西北茶馬古道重鎮，自古以來對外來人士抱持較包容、接受的
態度。加上納西族深受漢化影響，日常生活與對子女教育的重視都和漢人十
分接近，心態也較不排外。如今，麗江四處可見四川人到此開館子、東北人
來這裡開客棧，福建人開茶行……外來人口早就大舉進駐這小城。

另一個重要因素是這裡生活物價低：粑粑一個至少一塊五（觀光客可能
又是一個價）；搭一趟公交車一元，兩把青菜一元，三房公寓月租五百元；
四百元可請一位保姆幫忙洗衣煮飯……（以上均為人民幣）。心裡盤算，至
少幾年內一家四口生活沒有經濟壓力，尚可悠閒度日。

當我們舉家移居到此，卻意外發現，麗江竟然是「聯合國全球人居環境優
秀城市」，同時也為國外旅遊機構選為「中國最令人響往的十個小城市」和
「地球上最值得去的一百個城市之一」，不免竊喜，心想英雄所見略同。

陽光、空氣、水

我很喜歡另一半發展出來一套的歪理——「移民麗江，只因為這裡的陽
光、空氣、水」！

雲南的太陽是旅遊書介紹的重點，「烤太陽」是尋常生活的享受。麗江
年溫差小，日溫差大，年均溫在攝氏十五度。和台北夏天動輒三十～三十五
度，晚上不開冷氣，絕對睡不著覺；這裡夏天正逢雨季，氣溫在十五～
二十五度之間，清涼怡人，睡覺時還得蓋床薄被才能入睡。

　　長住鄭州、兩度造訪麗江的大姐有感而發：「這裡的空氣不讓人發急。」和大城市相較，位處海拔二千五百公尺的高原空氣清新，自然不在話下；再加上這裡是重點觀光城市，不准發展煙囪工業，全然不見空氣污染。水質就更不用說了，這裡地下水源都是雪山雪水融化，黑龍潭水質清洌，當地民眾都是一桶桶拎回家，直接當飲用水。

　　正式搬家之前，我往返麗江五趟，分別是遊玩、考察、購屋、裝修和辦居留簽注。往返之間，對此地了解越多，心中也越篤定──陽光空氣水，基本需求滿足了，自然可能重拾單純生活滋味。

03

郵編 674100

　　我要一所大房子／要有很大的落地窗户／陽光灑在地板上／也溫暖了我的
被子

　　我要一所大房子／有很多很多的房間／一個房間有最快的網路／一個房間
有很多的吉他／一個房間有我漂亮的衣服／一個房間住著朋友和他的愛人／
一個房間一個房間／我也不知道該放些什麼……

　　很喜歡孫燕姿這首歌，有時也不經意地跟著哼哼。雖然完美的一天不必然
有所大房子，也不必然有很多很多個房間，但一直相信，所有完美的一天都
應該從家開始。

遇到 Perfect House

　　每個人對於幸運的定義大不相同：有人是眾裡尋他千百度，終於覓得
Mr. Right；有人不必苦苦排隊就買到夢想已久的精品限量提包；有人則是受
幸運之神眷顧，抽中了公司尾牙大獎。

　　幸運之於我，則是一家人有個長久相伴的舒服小窩。

　　原本在台北的家稱得上頂舒服了：位於木柵一處小山坡上，開車到敦南商
圈真的只要五分鐘。只是沒想到當初尋尋覓覓的種種優點，竟隨著時間流逝
而變質：窗外難得的山坡濃密綠意，歷經數度強烈颱風和地震後竟被畫為警
戒的「山坡地住宅」；原本開窗即可眺望遠方的閃爍夜景，也在社區前矗立
起一棟棟新大樓後切割變形，讓人愈發提不起勁兒往窗外看。

　　對台北人來說，一戶四十坪的房子對一家人來說綽綽有餘了。當時新婚
的我們一口氣把四房打成了兩房，空間稱得上奢侈，然而當一個孩子、兩個
孩子相繼報到，老大打地舖，老二擠在床中間，居家風格頓時從都會雅痞
變成了熱鬧混亂的兒童樂園。這時心裡不免蠢蠢欲動，期待一天再遇Perfect
House。

單槍匹馬買房子

話說我和我的麗江房子一見鍾情，從初次見面到決定步入禮堂，大概就是48小時的事。不過真正付諸實行，完成法律手續，則是兩個月以後的事。

從麗江返回台北後，便不斷以電話跟屋主確認房屋轉讓事宜，傳真辦理手續所需文件。當屋主辦妥各種手續，通知我前往麗江過戶和付款，辦理房產證。這回我單槍匹馬飛往麗江，為的就是買房子。

老實說，知情的好友都難掩憂慮，擔心我們被騙，畢竟台灣人在大陸被騙也不是新聞。就連天性樂觀的另一半也忍不住反覆叮嚀：「沒有拿到房產證，確認過戶之前絕對不可以付錢……。」我則不只一次自問：「事情好像進展得太順利了，會不會真的是場騙局？一覺醒來，發覺一切成空？」

無論如何，我還是出發了，一人成行。行前阿Q地對自己說：「就算被騙，房款一個子兒都沒有付出去，沒有什麼大損失，頂多就是一趟來回機票錢罷了。」其實我也希望透過自己的一雙眼來確認一些事——雖然我們的決定或許倉促，或許衝動，卻衷心期待這個決定是對的。

初秋的傍晚，歷經兩趟轉機終於到達麗江機場——這是雲南僅次於昆明的第二大機場，海拔二千二百公尺，一下飛機，四目所及一望無際，四週青山圍繞視野開闊。曾去過不少國家旅行，我在停機坪停下了腳步，深吸了一口清涼的空氣，對自己說：「這是我見過最美的機場！」一路忐忑的心情反倒篤定不少。

辦房產證

鮮紅的皮質封面、斗大的燙金字，從來不曾想像過有朝一日會在海峽彼岸買房子、落地生根……，沒想到在短短半年內一一實現。

當我順利拿到寫著自己的名字的「中華人民共和國房屋所有權證」和「國有土地使用證」，覺得一切很不真實。一則以喜，一則以憂：喜的是事情進展順利，沒有意外；憂的是，這回把老公的退休金花光了，想再臨陣退縮，好像也沒有退路。

證件上是土地使用面積是一百一十平方米，室內面積一百九十平方米，使用期限七十年，直到二〇七三年終止。大陸購屋完全以室內實際面積計算，若把戶外花園和陽台面積納入，連同客廳挑高空間夾層隔成兩層，增加了一間客房來計算，整棟房子面積可達二百五十平方米，相當七十五坪，約是台北住家的兩倍大。心想，這回總該夠我們一家四口舒舒服服地過日子了吧？

從前任屋主手上拿了鑰匙，走進了「我的新家」，地址是「雲南省麗江市XX小區XX號」，並冠上「674100」郵政編碼。和兩個月前初次見面一樣，依舊是一片荒蕪。蓋好兩年多的「毛胚房」，青瓦白牆的三樓小屋，外觀良好，屋內只有赤裸裸的水泥牆面，廚房衛浴設備付之闕如，所有房間連門兒都沒有，當然也沒水沒電。

　　站在雜亂並堆滿垃圾的院子裡，我想像，院子要往外推，既不要磚牆，也不要鐵欄杆，而要圍起木籬笆，讓院裡的樹木枝椏可以自由地往外延伸；一樓客廳空間雖大，但是大門到後門一路暢通，似乎正是風水上大漏財的「穿堂風」；還有略嫌陡峭的旋轉樓梯也要打掉重建……。

　　在台北早就思量千百遍，該如何設計彼岸新家。首要任務就是避免重複過去的錯誤：以前裝修房子，總想一口氣做好玄關櫃、電視櫃、衣櫃……等固定櫥櫃，方便收納，但時間愈久愈發覺這些固定設施把房子的可能性都「固定」住了，想讓室內多些變化都成奢求。所以這回裝修新屋，絕對不要任何固定櫥櫃，而是想辦法挪出一個空間做更衣間，臥室少了制式的雙門衣櫃，空間更顯寬敞。此外，除了必要的沙發和床，其他家具家飾不必急著一次到位，希望日後慢慢「尋寶」，讓新家有時間來醞釀自我風格。

然而，這裡朋友的幾句叮嚀就把我從浪漫想像拉回現實。小方的老公東巴提醒，裝修之前得事先備妥木料，風乾一個月，否則在麗江這種日夜溫差大的地方，木頭未完全乾燥，日後很容易變形。熱心的鄰居楊國芳也說，房子裝修好必須通風一個月，才能住進來，否則油漆內含的化學物質，對人體有害⋯⋯，這些過來人才有的實用資訊真是專家教不來、書上學不到的。

繼續逛房子

當我一邊整理自己的家園，有機會還是喜歡「逛」別人的家。在麗江閒逛，幾乎整個3.8平方公里的古城就是一個活生生的古城樣品屋，隨便轉進一條巷弄，走入一家客棧，或推開半掩的大門，每一家幾乎毫不例外地栽植花草，天井就是當地人家生活的重心，院裡傳來聽不懂的納西方言對話，鍋鏟聲、流水聲，觀看屋簷映照下來的燦爛陽光。在不同的人家、不同的院落，我偷窺過去，瞥見未來，也在當下巧遇了瞬間的平靜和幸福。

這時，心裡默默地祈盼，這回把家搬到遙遠的雲貴高原，搬到玉龍雪山山腳下，搬到這個郵政編碼674100的新家，真能譜寫屬於我們一家人的《完美的一天》。

在大陸購屋有門檻

　　二〇〇五年秋天我在麗江購屋，二〇〇六年初舉家搬來大陸，事後想想這個決定倉促卻幸運──若再晚個半年，我們可能無法如此順利地在麗江購屋和長期居留。

　　因為自二〇〇六年七月開始，大陸挂出新的房地產政策，防止外資投機炒作，大大提高了境外人士、包括港澳台人士在大陸購屋的門檻。根據「關於規範房地產市場外資准入和管理意見」（第一七一號文件），在境內工作、學習時間超過一年的境外人士可購買符合實際需要的自用自住商品房。港澳台地區居民和華僑因生活需要可在境內限購一定面積的自住商品房。

　　相關政策嚴格限制港澳台居民在大陸居留一年以上才可以購屋，在北京甚至規定一人限購一套。同時，若自住房屋兩年內就轉手出售，還要徵收交易全額的營業稅。以此條件評估，我們在大陸短期內既無工作又無投資，一家人不太可能順利地在此購屋定居。

　　此外，更高的移民「門檻」來自持續升值的人民幣：不到兩年的時間，我們以新台幣兌換人民幣的比例從原本的四比一，到二〇〇七年初已升值到四‧二八甚至四‧三五比一，其間的往來匯兌損失有多少，想到都心疼！不過，人在屋簷下，不能不低頭，只有摸摸鼻子認了！

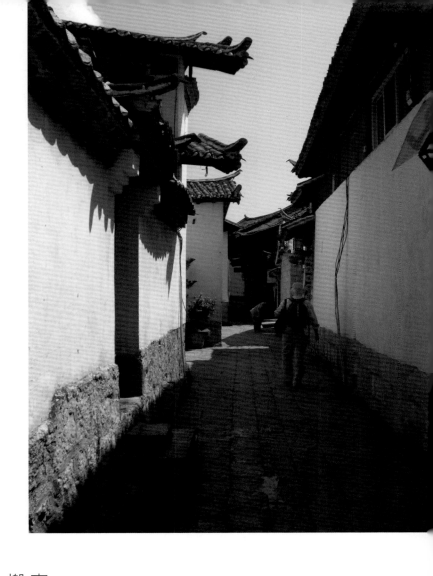

04

漂洋過　海大搬家

「你們簡直就是在雲南過著台北的生活嘛！」

造訪了我們在麗江的家，朋友對我這麼說。在這裡，早上WEDGWOOD咖啡杯裡盛著的是熱騰騰的蜜蜂咖啡，用的是雪印奶油球；吐司裡夾的是新東陽肉鬆；三不五時換口味吃的咖哩飯，用的台北超市買的日本料包。書房裡擺著上千本繁體字的書籍，角落裡有IKEA立燈、沙發，臥室裡有青石家具的雙人床、床頭櫃和依卡織品的窗簾、清庭的掛鐘……。

為了全家順利適應移民到麗江的生活，我幾乎把所有家當全搬到到此！當然，搬家過程也成了難忘的夢魘。

漫長又痛苦的打包

決定舉家搬去麗江，就面臨了一大難題：到底要怎麼「搬家」？是小規模地把生活所需用品帶去，其他到了當地再買？還是如螞蟻雄兵般分次搬家？或索性大規模地把整個家搬到麗江？

考慮了半天，老公一語驚醒夢中人：「什麼東西都可以到當地再買，只有衣服、書和CD，丟掉了就再也找不回來了。」說的有理，有習慣的衣服可穿，有喜歡的書可以打發時間，再加上熟悉的音樂相伴，生活在異鄉也不是什麼難事吧？於是，我們決定來個大規模的搬家行動——乾脆運一個二十英呎的貨櫃，把所有可用之物統統漂洋過海搬到麗江。

一家四口所需的衣服就不少，夏天的、冬天的，再加上床組、羊毛被、毛毯，還有拆下來的窗簾，只要可堪使用，全都一股腦地收納打包。此外，連同布沙發、茶几、雙人床、床頭櫃、書桌、椅子、書架、餐櫃、淨水器，還有廚房裡的鍋碗瓢盆，喜愛的咖啡杯、裱框海報、大小家飾和外婆留下來的古董縫紉機等等也全數打包；更不用提，光是書籍和CD就足足裝了四十幾個紙箱。

每天要喝的咖啡自然少不了，先把二十磅咖啡收進紙箱；兒子最愛的玩具

也裝了滿滿三個紙箱：一歲多女兒需要的紙尿布，一口氣塞了兩個紙箱，實在是因為大陸的紙尿布真的太貴了。還有老媽覺得大陸醬油奇黑無比，難以入口，好心地準備了一大箱味全醬油，後來報關行告訴我，這箱醬油不能進貨櫃，不然打破玻璃瓶，後果不堪設想！

行前準備

原本還打著如意算盤，把家裡所有可用家電也全裝進貨櫃，並自以為聰明

地設想自用電器是否有打稅問題……，後來才知道全是瞎操心一場，因為兩岸的電壓不同，台灣是二百二十伏特，大陸是一百一十伏特，除了筆記型電腦、手機這類相容電器產品可互相通用，其他幾乎完全不適用。

不過，燈具又不同了：只要是使用電燈泡（節能燈泡）的燈具都可以將開關從一百一十伏特換成二百二十伏特即可。所以在台北採購了幾個燈具，在老公赴麗江監工時，兩手拎到麗江去！後來也發覺大可不必，因為昆明有不少品質、價格俱佳的燈飾店，相同款式的燈具比台北還便宜。

此外，行前還得採購必備藥品：包括老公的高血壓藥、表飛鳴、征露丸、伏冒、急救箱……，少了一樣都覺得不安心。同時居住在海拔二千五百公尺的高原，紫外線特強，一家四口每人必備一頂遮陽帽，還有防曬係數四十以上的防曬乳液，都得備妥塞進行李箱。

計畫趕不上變化

很難想像，因為搬家到大陸，前後過了一個半月家徒四壁的生活。

大概很少人會跟我們一樣，把家搬到中國大陸，還要把台北的所有家當一併運到麗江。當我跟昆明報關行的承辦人員說明，她說，因私人搬家理由，把貨櫃運到麗江，我可能是台胞第一人。

依計畫農曆春節後全家前往麗江，從事貨運業的朋友便建議，我們必須在一月中之前將所有物品上貨櫃，先運到香港，再以火車運至昆明，二月初我們到麗江時，貨櫃也應該到了。但計畫總趕不上變化，我們一月中把台北的家搬空，便開始過著家徒四壁的日子，來到麗江後，又不知貨櫃流落何方，直到二月下旬報關行才通知我們到昆明領貨。

於是，我們夫妻倆又前往昆明辦理手續，並事先在麗江租了一台大卡車，將貨櫃清空，並將所有物件再裝上卡車連夜運回麗江。總的來說，這回漂洋過海大搬家前後歷時近四十天，也算空前絕後。

千奇百怪的購物清單

　　小妹是我在台代理人，每次看了我E-mail的購物清單，她就搖頭：「妳乾脆搬回台北好了！」

　　看了一看清單，自己也有點不好意思：女兒喝奶必備的麥精總不能斷糧，兒子愛吃的肉鬆也不可少，眼藥水、感冒藥、OK繃、超滋潤乳液、防曬乳液等等，都是日常生活必備。其他五花八門如「推理小說」、「美乃滋」、「丈量捲尺」、「窗簾橫桿」都曾列入採購清單，其中較離譜的可能是「蒼蠅拍」這一項，天氣回暖後麗江蒼蠅橫行，這裡賣的蒼蠅拍質量太差，廝殺幾回就不堪使用了。

　　如今，每回從台北返回麗江，我們依舊大包小包：由於大陸國內航線每人限重二十公斤規定嚴格，超重就得罰款，所以一家四口八十公斤的額度總嫌不夠用，老公身上總是背上一個包，左右肩各掛一個包，手上再拎個包；我則是背上一個，肩上一個，再推個娃娃車……，我倆總是相視一笑，原來我們的「搬家進行式」一直未完，持續從這一地搬到另一地。

難忘的生日

二〇〇五年十二月二十日，我一個人孤伶伶地在醫院看著小醫生把針筒插進手腕，抽出濃稠的鮮血，幾分鐘後，他一臉抱歉地說必須再抽一管，因為還在再做某某檢驗。那天是我的生日，為了申請搬家貨櫃入關，我必須再到麗江辦理「居留簽注」。為了一紙居留簽注，我專程飛來麗江一趟，先去公安派出所辦妥臨時住宿證明，再赴醫院體檢。

根據新的規定，必須在此工作、投資、求學滿一年才得以購屋，而我們較幸運先行購屋，持房屋所有權證即可申請長期居留。麗江公安局境管單位一次發給我三年的居留簽注，換言之，三年內都可以隨意進出大陸，沒有次數限制。

到麗江定居後，也為老公和小孩申請居留簽注。成人都得到派出所找片警（管區警員）辦理臨時住宿登記，然後去醫院體檢（十四歲以下的兒童不需要體檢），最後再檢附相關文件，送件到公安局申請居留簽注。原以為他們三人申請「依親」，只能申請一年的居留，沒想到境管單位也都發給三年居留簽注。

據了解，目前在麗江生活的台灣人可能有一百多人以上：有人在古城做生意，開客棧、賣衣服、賣鈴鐺，也有人在新城開健身房。像我們這樣全家大小搬到此地定居，且無特定目的，還屬頭一遭。

05

装修惡夢

顧不得打包到凌晨兩點多，二〇〇六年二月五日清晨五點就起床了，好不容易叫醒睡眼惺忪的兒子，抱起還在睡夢中的女兒，拎著大包小包，一家四口摸黑出門。沒有時間，也沒有心情回頭看一眼曾經住了十年的家，只是急著趕赴機場，搭機到香港，轉赴昆明後，再轉機到麗江。

等我們踏進新家，已是晚上八點多了，原本應是期待又興奮，但一踏入大門，我卻開始後悔。

也許這正是一見鍾情的代價：認識不夠就步入禮堂，後悔是遲早的事。

現實與夢想的差距

老實說，剛搬進新家，就發現家中大小問題不斷，這和我在台北朝思暮想的情況相去甚遠，甚至和我費心從設計雜誌剪下一頁頁夢想畫面差距十萬八千里。

發現一切未如預期，這一刻，我第一次懷疑這個移民的決定到底是對是錯？

一切似乎跟想像的不同：原本花園外的木圍籬，不是那種有序、光滑且低調的籬笆，感覺是急就章以粗糙木板拼成，還上了刺眼的深褐色油漆；步入客廳後，未經使用的昂貴地磚看來灰頭土臉，好像歷經蒼桑的老舊地板，還得雇臨時工人用鐵刷沾上草酸慢慢清潔，花了兩天才恢復原貌。原想畫龍點晴的壁爐尺寸也不對，式樣做作呆板，和樣本完全兩碼事兒。

室內油漆原本說好使用品質最好的漆，大概也是工頭偷工減料，只要一沾上髒東西，用布一擦，就刮下一大塊，好像是大熱天上了厚厚粉底，一流汗就落了一塊，慘不忍睹。從一樓到三樓重新油漆絕對是番大工程，迄今拖在那兒，以致牆面仍維持著「小花臉」的模樣。

還有令人想像不到的是，室內確有插座，插上插頭卻不來電，打開插座一看才發現沒接電，原來是「裝飾品」。最令人抓狂的就是漏水──在台北生

活多年，從未面對房屋漏水的問題，沒想到到了這裡，接二連三發生漏水。主要是三樓陽台加蓋的更衣室遇水即漏，顯而易見天花板水泥偷工減料，只得花費大量時間、金錢來治漏。

工頭落跑的惡夢

仔細探究裝修得千瘡百孔，就是因為兩岸裝修思維落差大，加上我們未能全程監工有關。

購屋之時，曾請教剛裝修新屋的友人小方和東巴夫婦，當時東巴凡事親力親為，不但自己到處看料買料，還身兼工頭控制進度，事後回想，簡直是惡夢一場。因而力勸我們不如找裝修公司或找一個工頭來統包，較為省事。

首次在異地購屋，人生地不熟，麻煩屋主介紹了一位福建灰的「設計師」，開價不菲；後來磁磚店老闆介紹了一個工頭來估價，價格合理，面對我們提出種種要求也不拖泥帶水一口答應。沒想到，這竟是我們裝修惡夢的開始。

這位工頭叫做李顯平，貴州人，來麗江發展了幾年，手邊也有幾戶案子正在進行，因此我們不疑有他，將新家裝修工程交給他。他也展現效率，估價後第二天就叫工人進駐現場，敲敲打打開始泥作工程，當時還心喜，新居如期完工有望。事後恍悟，難怪他報價可以壓得這麼低，是因爲他急於包下這個工程，手上才有現金可週轉。

眼看農曆年將屆，原訂一個半月的工期仍在延宕，工頭突然一聲不吭地落跑不見人影，不但積欠工人工資，留下一大堆工作要收尾，跟他合作的廠家也上門尋人討債。人在現場監工的老公只得硬著頭皮收拾自家的爛攤子，只求過年前完工，因爲我們早已訂好一家四口年後赴麗江的機票。

彼岸裝修得自備木料

大概也少有人像我們一樣，第一次裝修就中了「工頭落跑」這種大樂透。其他裝修的「初體驗」，在我看來也不尋常：在大陸裝修房屋，舉凡磁磚、潔具（馬桶、洗臉台、水龍頭、浴室天花板）、廚具、家電……都得自行採購。例如採買電器，除了電視冰箱等，還有適應高原生活的電暖器、加濕器、沐浴箱和「浴霸」（即浴室加熱燈，洗澡時打開浴霸有五百～一千瓦的熱力，沐浴更衣時不致感冒）。

對我這個城市鄉巴佬來說，買磁磚、買水龍頭也就罷了，後來赫然發現Shopping List內竟然還有「木材」一項。辦妥房產證手續後，東巴就提醒，客廳挑高空間要加蓋天花板，得先備妥木樑，木頭每根得直徑若干、備料若干，因爲買來的木料得放上一個月才會乾燥，否則日後容易變形。

只是，買衣服、買鞋子，我都在行。但買木料？實在難爲我了，只有厚著臉皮請東巴幫忙。

後來才發現不止是天花板需要木頭，就連樓梯、書櫃、餐桌、椅子……只要請木工代爲製作，都必須自備木料。負責監工的老公也披掛上陣親自到

工廠選料，他看上了一棵直徑六十二公分的紅松，一立方要價一千四百元，拿來做樓梯、書房一整面書櫃和餐桌椅都綽綽有餘。沒想到，書櫃不多久竟然慢慢分泌松油，一沾上手怎麼洗都洗不掉，真像哈利波特裡才會出現的「魔法書櫃」。

連門兒都沒有

只要有一回在大陸的裝修經驗，保證顛覆所有在台灣裝潢房子的經驗法則。例如在台灣買房子，室內每個房間的門總該屬於「必備品」吧，不過這裡絕對「門兒都沒有」。屋主可以直接找專門店訂購現成的樣式，一扇室內門三百到五百元不等；或者也可選定喜歡的圖案交給木工，然後再購料，包括門板、線材、油漆……直接在工地進行製作。

當初工頭請來木工製作室內門，但用料不佳，幫忙監工的高叔看不過去，用腳一踹，門就破了；後來工頭只好重做，結果過猶不及，每扇門看來結實、推來卻很不利索。

一家的大門自然是最重要的門面，輕率不得。為了如期完工，只好請木工做扇大門應急，沒想到這位天才竟然做了扇往外拉的大門，而非一般往裡推的大門。之後，索性把這大門拆了，再找來建材城裡專門店，就樣式、材質討論了好長時間，才完成這扇獨一無二的大門。

叔叔從北京來訪，對這扇大門頗不以為然，認為做工差，門縫留得太寬。後來才明白，這裡日夜溫差大，木材容易熱漲冷縮，若依台北的標準，門縫留得剛好，遇天氣轉熱、木材內飽含水分，反而可能連門都關不起來。單就「門」這麼簡單的事，就付了不少「學費」，其他的就更一言難盡了。

Mix & Match情非得己

　　如今，推開鐵門進入花園，從五花石步道進入寬敞的客廳，一面牆砌上裝飾壁爐，壁爐上掛著的是歐姬芙的〈向日葵〉，一面牆上掛上了旅行帶回來大幅印度刺繡披毯，還有一面三角玻璃窗望向花園。

　　客廳裡放的是昆明購得的L型卡其色布沙發，上面丟著台北買來的抱枕，地上舖著昔日舊地毯和茶几；一角是木工朋友自製、完全沒有接榫的鞋櫃、展示架；餐廳裡全套仿古餐桌椅則是請來木工師傅訂做的全套實木家俱。之所以大玩Mix & Match，並非趕流行，實在情非得已。

　　地處滇西北的麗江所有商品幾乎都是「進口」，價格較貴，而且選擇也較少。所以數度大費周章前往昆明採購家具和家電，除了價格便宜，大件物品只需加付少許託運費即可送到麗江；最重要的是，昆明是內陸很早就發展觀光的城市，居家流行品味和台灣幾乎同步，只要花時間慢慢挑選，都可找到適合的家俱家飾。

　　異地裝修，不經一事，不長一智。勞心勞力不說，肯定急死了幾萬個細胞，又氣出來好多根白頭髮，想自找麻煩者不妨一試！

是天堂？也是地獄？

從天堂掉到地獄的距離其實很近。有時只是一個下午的日曬而已。

令我一見鍾情的新房子曾一度讓我後悔；原來愛上這裡的好山好水，也因「陽光、空氣和水」意外成為「美容殺手」，令人又愛又恨。

話說這裡海拔高、紫外線也特別強烈，看到戶外陽光正好，走出門曬曬太陽，下場肯定很慘──不但曬紅、曬黑，而且速度快得很，通常一個下午就豬羊變色。

小女兒常曬得一臉紅通通，那不是裝可愛，而是細嫩的小臉被曬到皮下微血管破裂的「高原紅」。不戴帽、不戴太陽眼鏡，甚至不擦防曬油出門，回家肯定抱憾終身。

有時出門以單車代步，身著長袖防曬，還是棋差一著，回家後兩隻手馬上變色。就算乖乖待在家裡，美容師朋友也提醒，在家裡也照樣要擦防曬乳液，因為紫外線無所不在，有時透過玻璃折射就是要跟你「親熱」一下。

從濕度高的台灣搬來這裡原本心中竊喜──畢竟冬天不必蓋著潮濕的棉被，也不必再為曬不乾、濕答答的衣服所苦；然而這裡空氣固然清爽，但濕度低，到了冬天乾燥異常，小則頻頻觸電，大則成為皮膚殺手。基本上皮膚長期處於缺水狀態，放到放大鏡下應是那種「阡陌縱橫」的超乾性肌膚。

當地人向來自傲此地清澈、無污染的水質，只是內含豐富礦物質，煮起水來沈澱特別多，難怪有人戲稱「十個麗江人，九個結石」。這對我來說，也絕非好消息，畢竟本身就有腎結石，心裡難免忐忑，肚子裡的石頭是否愈滾愈大。

昔日人見人羨的「白皮」變「黑皮」，又因水質含鹼性過高，空氣過於乾燥，臉上的法令紋、眼角細紋、頸部皺紋都來報到，令人欲哭無淚。尤其過去還看得過去一雙白皙修長的手，今日成了「烏骨雞爪」。說真的，這時候我真想說：「麗江真不是愛美女人待的地方！」

06

沒有　高跟鞋和LV的日子

沒有御飯團、燒餅油條和菠蘿麵包，如今早餐桌上換成了糯米粑粑、新鮮現做的豆漿；打開大門，面對的不再是鄰居的「臭鞋大陣」，而是一株掛了果實的蘋果樹；電視裡傳出來的歌聲是〈香水有毒〉，是《超級女聲》；每回洗完熱水澡，全身上下就像拉警報似地發癢；輕輕摟著剛放學的兒子得先「電」過一回；最常遇到的鄰居是位穿著白族服飾的老婦，她總愛拿張板凳坐在自家院裡縫鞋墊……。

麗江的生活，與台北截然不同。

還原生活原汁原味

當我決定舉家搬到一個不必穿高跟鞋（走在古城五花石板路上，穿高跟鞋才知道什麼叫做自討苦吃），出門也不必背LV包包（這裡好像沒人認得這兩個洋文是啥意思），甚至想刷卡都不容易找到地方的小城，這樣的決定自是跌破眾人眼鏡。

一回，從麗江到機場的小巴上，身旁的老太太得知我要到此定居，猛頭頭並以濃重的納西口音對我說：「麗江是個過日子的地方。」

等到定居在此，才體悟「過日子」的尋常滋味。

生活在內陸，最不習慣的可能就是看電視，沒有緯來日本台和HBO，總令人若有所失。以前最愛看的就是日本綜藝《料理東西軍》：節目裡有妙語如珠的主持人，有人氣明星擔任特別來賓，有上山下海找來極致食材，有令人敬佩不已的各式「達人」，還有主廚展現的清湛手藝。看到勝利的一方欣喜品味美食，電視機前面的我猛吞口水。

不過，這樣集所有極致於一身的料理真得好吃嗎？我沒有答案，至今也沒有這樣「折壽」的極致體驗。只是年紀愈大，口味也隨之變化，過去總想嘗遍各種美食方得罷休，如今晉升為「少鹽、少糖、少油」一族，也愈發珍惜食物的原來滋味。

正如許多食物，煮不如燒，燒不如蒸，才能吃出原汁原味。旅居麗江，日常三餐少不了青菜蘿蔔，卻意外發現白菜可以吃出甘甜，而新鮮的胡蘿蔔切片，咬起來喀滋作響，彷彿剛從泥土挖出，還沾著清晨的露氣。在市場興奮地問小販：「這是有機的嗎？有沒有放農藥。」小販不耐煩地回以：「什麼是有機？我聽都沒聽過。農藥很貴耶！幹嘛放農藥？」

生活在海拔二千五百公尺的雲貴高原上，確實有機會吃的原味，穿得舒服，住得單純，走出健康。想來，每天青菜蘿蔔，牛仔褲加白襯衫，天天散步，應該可以省下瘦身、整型……這些必要支出吧？

麗江過日子

台幣一萬六千元可以做些什麼？一隻最新的手機？一雙名牌高跟鞋？還是一套還過得去的寢具？

一萬六千元，不到人民幣四千元，是我們一家一個月的生活費——而且還是很奢侈的那種。

昔日，一家四口週末活動大多是逛超市和大賣場，隨便逛一圈，買些有的沒有的，一、兩千元絕對跑不掉！今日，一出門花上幾百人民幣，其實並不容易。除了「耐克」（Nike）、「阿迪達斯」（Adidas），常見的名牌只有「富貴鳥」、「七匹狼」、「老人頭」、「紅蜘蛛」或「鄂爾多斯」。這裡沒有百貨公司、購物中心，充其量只有幾個大型超市。當然，更沒有7-11和Starbucks，在新城裡想喝杯咖啡只能去肯德基，一杯人民幣五元！

菜市場是老公的最愛：他常說，台北最便宜的青菜頂多三把五十元（新台幣），而在麗江市場裡，綠油油的新鮮青菜三把一塊錢（人民幣）。扳扳手指一算，搬來麗江一個月的菜錢大約六百元，相當於生活在台北每個月買水果的錢。

和台北書店一本書動輒台幣三、四百元，在大陸買書一點都不心疼，一本

文字書頂多二、三十元，一本製作認真的全彩雜誌只要十五元。雖然從來不曾光顧麗江電影院，也知道這裡一場首輪電影票價從七元到二十元不等；我喜歡買影碟回家慢慢看，一張DVD（百分之兩百不是正版的）只要七元，我最愛的《CSI犯罪現場》一季DVD是六十五元，另有大陸精緻連續劇《大宅門》、《喬家大院》等影碟，看完全套數十集只要二十元。

當我覺得麗江物價超便宜時，大理和昆明的朋友都舉雙手反對，直稱大理和昆明的物價比麗江還低，因為麗江多數商品都仰賴「進口」，大小物品都得從昆明運進來。這裡物價較雲南其他城市高，卻沒有相對的便利，想訂一張去香港或新加坡的國際機票，麗江沒有一家旅行社可以提供這樣的服務，非得到昆明訂票才行，可見山城生活有利有弊。

大門上的牛奶盒

什麼時候真正有家的感覺？

我會說當我看到大門上掛著牛奶盒，還有送報人將報紙插在門縫時，這一瞬間，我真正覺得這是一個家了，一個可以長長久久的家。

由於鄰近的大理畜牧業發達，麗江也可以喝到品質極好的乳製品，鮮奶一小袋只要一塊一（原價一元外加送牛奶費一毛）。幫兒子訂了他最喜歡的巧克力牛奶，每天兩包，一個月人民幣六十六元，相當於台灣兩瓶六瓶鮮奶的價格。

至於送報也很離譜，送來昨天的報紙也就算了，有時送報生還聳聳肩：「前幾天沒有多的報紙。」所以前幾天都沒送報。大家似乎也能忍受，畢竟這裡沒人趕時間，也不太在意看的是昨天的新聞，還是上個禮拜的新聞。

在這裡，我穿得簡單，吃得原味，花錢有限；在這裡，我不看錶、不看報、也很少看電視新聞，突然發現沒有高跟鞋和LV包包的日子可以很單純自得，看似尋常的日子也可能拾掇起昔日少有的幸福滋味。

千里之外

　　很多台灣朋友都喜歡麗江，但聽我說從台北到麗江要轉三趟飛機，就不由倒退三步。

　　其實台北到麗江的直線距離應該不遠，頂多二千公里吧？但是拜政府緊縮大陸政策之賜，硬是不直航，所以台北─香港只要九十分鐘，香港─昆明飛行時間兩小時，昆明─麗江也是四十分鐘的航程，但三趟飛機加起來絕對是一天的行程。

　　台北─麗江多次往來，機票價格也一路上漲，於是我們採取迂迴的返家策略：從麗江直飛深圳，從深圳搭船到香港機場，再從香港返台。因為麗江往返深圳屬「國內航線」，價格遠較飛香港便宜，還不時有折扣票。台灣友人小方另有一套省錢絕招：從麗江搭大巴夜車到昆明，從昆明搭火車到廣州，再轉進香港搭機回台，只是這一趟回鄉之旅可能耗時三天！

　　這時，不免同情在大陸打拼的台商，求求高官們饒了小老百姓，快快開放兩岸直航吧，那才真是功德無量。

攝影：林明毅

07

就 是 要 吃　辣

不進廚房久矣，卻十分愛逛市場；閒來無事到市場轉一圈，感染一下那股獨特的熱鬧與生氣，心情大好，食欲大開。

經常光顧位於古城南端的忠義市場，這是麗江最大的菜市場，時鮮蔬果雞豬牛羊，掃帚水管農藥，傳統銅器、納西服飾……什麼都有得賣。在這裡，曾看過一小撮曬乾的猴子尾巴，這是專給小孩掛在身上辟邪之用；有種台灣未見過的蔬菜「折兒根」（又名蕺菜，學名魚腥草），這裡喜歡拿來涼拌，有人就是吃不慣那股濃重的味兒；還有麗江特有的海棠果，新鮮、曬乾均可食用，據說有蔓越莓的功效，對女性健康十分有益。

瞧，無論是挑著擔子的，放在竹畚箕裡，或攤子上整整齊齊排隊的當令蔬菜，紅蘿蔔、小黃瓜、茄子、南瓜、蓮藕、薄荷，色彩豐富飽合，枝葉果實新鮮得好像才從地裡剛挖出來般。賣菜販子還不時在菜上灑點水，更顯鮮嫩欲滴，只是買來斤兩也重了不少。市場裡四季少不了的當然就是辣椒。

不怕辣、怕不辣、辣不怕

武林高手有「東邪、西毒、南帝、北丐」，吃飯口味則是「北鹹、西辣、東南甜」，我一下從嗜甜的國度搬進吃辣的王國，味蕾自然要水土不服好一陣子。

聽人笑稱吃辣有幾個進階：「不怕辣」、「怕不辣」、「辣不怕」。說來慚愧，忝為祖籍重慶，目前僅敢說是「不怕辣」或「不怕小辣」的初級班而已，沒想到，兒子吃多了學校提供的午餐，經過短暫「辣子震憾教育」後就竟敢侈言自己是「辣不怕」。只因雲南人不吃辣，飯都不香了。

細數中國吃辣排行榜，雲南吃辣功力絕對不遜於四川、湖南、貴州這幾個「辣子王國」。雲南菜「味厚油重，香辣鮮酸」是其特色，有別於其他省份喜以各種香料混合煉成獨特的辣油為底，雲南吃辣傾向單純原味，而不會以繁複手法加工加料。入秋後，家家戶戶都會曬上幾大串的辣椒，炒菜時直接

摘幾根乾辣椒切段爆香快炒；或在涼拌菜、米綫、麵條上直接撒上辣子粉，也就稍解其癮了。

調味少不了紅辣椒，青辣椒其實也有道簡單好味道的家常小菜「虎皮青椒」：將青椒洗淨去蒂，直接下鍋以中火慢慢乾煎，煸去表面水分，待表皮呈白色、褐色斑紋時，加少許油繼續煸，起鍋裝盤後再加入一點醬油和醋，就著這道小菜，就可以輕輕鬆鬆扒光兩碗飯。

小土豆大學問

我們叫馬鈴薯、洋芋，這裡則叫土豆。土豆是此地飯桌上最常見的食材，應是土豆價格太「平易近人」：地形多山的雲南除了一年一次的稻和麥，玉米和土豆是最常見的作物。市場上土豆便宜時一市斤約兩、三角，貴的時候則是六、七角。家裡經常堆著一大麻袋土豆，隨時都可做來吃。

古城小吃攤最常見的菜色也是土豆：炸土豆片、炸土豆塊串起來吃，撒上一大堆辣椒麵調味。至於家庭主婦也各有一本「土豆食譜」：青椒、辣椒切細絲和土豆絲一起炒的「青椒洋芋絲」；另也有土豆切成細絲放入油鍋中以小火乾煸，成為一大塊香脆的土豆絲餅；另可把土豆磨成泥狀，加入香料、調味和蔥花即成「老奶洋芋」；另用酸菜、辣椒炒土豆片也是很有納西風味的做法。麗江附近的太安盛產土豆，所以街頭也常見「太安洋芋雞」的餐館招牌，也是獨特的風味菜。

奢華松茸平民價格

相對於生活在四面環海的台灣，突然搬到了二千多米的高原上，吃不到活蹦亂跳的生猛海鮮，確是一大憾事；不過少了「海味」，雲南卻以「山珍」大大補償一番。這裡所謂的山珍不是珍禽異獸，而是各式各樣新鮮味美的野

生天然蕈子。

說雲南是「蕈子天堂」，絕對當之無愧。據報導，雲南生產的食用蕈類種類占全中國的三分之二，更占世界的二分之一，「蕈力」之強，可見一斑。同時只有在無污染、無化肥的環境才有可能生長野生蕈，所以有人採了雞樅或松茸後直接用濕布擦拭外表，就直接火烤入口了。

從農曆六月進入雨季時，就可看到市場有人挑起擔子裡面裝滿了各式蕈子，多是農人上山採來的天然野蕈，包括雞油蕈、雞樅蕈、松茸、茶樹菇……。「松茸」盛名自是如雷灌耳，但是這裡的朋友異口同聲，雞樅蕈和牛肝蕈比松茸還好吃。例如本地人喜歡的雞樅蕈，盛產時一市斤七、八元到最貴一市斤十五、六元。除了直接加蒜片、青椒絲大火快炒，一般人家也喜歡把雞樅蕈過油後保存，吃稀飯、吃米線放一點，鮮味無窮。

至於日本綜藝節目《料理東西軍》裡常見的珍貴食材松茸，過去可是進貢天皇的「蕈中之王」。據說此地所產的松茸一經採收，佳品就直接搭機飛到日本，進了日本老饕的肚子。這裡料理這種香味濃郁、菇體肥大、肉質細膩的松茸，做法不像日本或歐洲的繁複，多半是爆炒松茸、干煎松茸或雞片炒松茸等。盛產時期一市斤松茸要價十八元。

即便過了盛產季節，市場和超市裡都有乾蕈和冷凍蕈類可賣，愛吃菇的人依舊可以過過「乾」癮。

很難買到真貨的三川火腿

我一向不喜歡吃火腿。尤其鹹得令人猛灌開水的中式火腿。

然而麗江名產三川火腿是個例外——味正香醇，皮薄肉厚肥瘦適中，而且不會死鹹。

嚴格來說，三川火腿生產於麗江市永勝縣三川鎮。「選料好，工序複雜是我們火腿好吃的原因，」鄰居楊國芳正是三川人，說起自己家鄉產的火腿可是頭頭是道：「我們自家養的豬都是吃玉米、大米、甜菜，和人吃得差不多。有時還會餵煮飯上面浮著的米湯，特別有營養。」肉質、香味自然大大勝出常見的飼料豬。

通常養豬一年後即可長到三百到四百斤，歲末殺年豬時就可以製作火腿了。在殺豬之後，在肉還是溫熱的時候，切下前後腿放在竹缽裡，在切口抹上玉米酒，待充分吸收後，再抹上一層薄薄的鹽。等到晚上豬肉變冷、豬皮變硬後，在皮上刺上一個個小洞，再上酒予以按摩，須用力揉搓至豬皮變軟後，再上一層兩公分厚的鹽靜置。之後將所有的醃肉層層相疊靜置一週，火腿則視大小放上十五到二十天，將肉中水份逼出後再拿出來風乾。

「風乾時必須拿一張薄棉紙包住切口，以防肉質腐敗，然後放在通風良好處陰乾一個月，以蒸發水氣。最後一個步驟，也是最重要的『入灰』，即將風乾的火腿埋在灶灰中，少則一年，時間愈長，味道愈香。」楊國芳解釋，通常第二年雨季之後便可拿出來吃，但是放了一年以上的「老」火腿更美味。據說，正是多了這道「入灰」的工序，三川火腿內含硝鹽量是一般火腿的二十分之一。

三川火腿不宜切片炒來吃，而是把瘦肉部份切下蒸，或切下一塊熬湯，湯頭鮮甜自不在話下，而煮透的火腿肉直接切成薄片，更加美味。市場上賣的鶴慶火腿一斤只要七、八元，三川火腿一斤則要十二、三元，楊國芳提醒：「只是多半掛著三川火腿的招牌，賣的都不是三川火腿。」

買不到真的三川火腿怎麼辦？只好上鄰居家去吃囉！

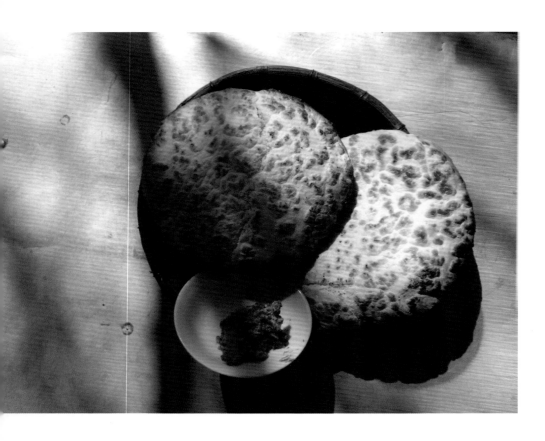

08

百變麗江　粑粑

不吃粑粑，你就算白來麗江了！

在麗江，粑粑無所不在，這不止是給觀光客嘗鮮的特色小吃，其實也是當地人日常生活少不了的主食之一。粑粑名稱種類繁多，後來請教納西友人才知道，只要是麵粉做的麵食，基本上都統稱為「粑粑」，只是依其製作方式和材料而有不同命名。

麗江粑粑是納西族獨具的風味食品，傳統的麗江粑粑是用麵粉、火腿末、豬油、白糖、芝麻、果仁等材料，以煎烤方式烹調，色澤金黃，味香酥脆。自唐代以來粑粑就是茶馬古道上客商背包裡少不了的乾糧，一塊粑粑配上一杯熱騰騰的酥油茶，一天活動的熱量都不缺少。

最常見的油煎粑粑

若採用日本美食節目《料理東西軍》的「究極做法」，那麼麗江粑粑的製作就得採用本地生產的小麥製成精細麵粉，然後擷取玉龍雪山流下來的清泉，兩者相加揉和成雪白麵糰。然後準備一塊「粑粑達人」相傳數代的大理石石板，並在石板上操作以下程序：先將麵糰抹上植物油，桿成一塊塊薄片，再抹上豬油，並依其鹹甜口味撒上精選火腿丁或白糖後捲成圓筒狀，中間塞入芝麻、核桃仁等果仁佐料，再以平底鍋文火烤熟，雙面煎成金黃色，一張頂級的麗江粑粑就大功告成。

如今在古城各個小吃店大都有賣麗江粑粑，一塊粑粑五、六元不等。過去馬幫愛吃的粑粑，現代人吃起來可能稍嫌油膩，我個人則偏愛口感原汁原味的火烤粑粑。

粑粑的遠親近鄰

在古城普賢寺內有家專賣火烤粑粑和雞豆涼粉的小吃店（本書出版前，

小吃店已遷往他處），裡面的阿姨告訴我，其實納西人最早食用的是做法簡單、口感原味的火烤粑粑。

火烤粑粑是將光面麵餅烙制一面定型後放入燒熱的石板上烙熟，這種粑粑既無內餡也不加豬油煎烤，其味單純。剛烤好的粑粑色澤金黃，內裡多層相疊，吃起來猶如剛出爐的麵包，香味撲鼻且酥脆可口，當地人大多把豆腐乳或辣椒醬直接塗在粑粑上食用。以此配酥油茶，也是一絕。

在古城小攤上也有「甩手粑粑」，其實就很像我們常見的「可麗餅」，用薄薄的麵皮在鍋上煎烤，然後裹以香蕉、蘋果、或草莓等水果餡料，吃起來口感豐富，平易近人。

「糯米粑粑」則是我家早餐桌上常見的點心：以糯米粉和水成糰之後，再捏成一個個小丸子，放入鍋裡油炸，到色呈金黃時再起鍋灑點白糖即可。吃起來很像我們的「麻糬」，唯一的差別是糯米粑粑外脆內軟，口感不同。「苦蕎粑粑」也是我們的早餐之一，苦蕎粉是保姆仕美從山上帶回來的，是和其他農家「以物易物」換來的，做法是把苦蕎粉加水、加糖和成略稠的麵漿，再放入平底鍋裡油煎製成的麵餅，外觀和口感都很像西式pancake，只是甜中略帶苦蕎獨有的苦味。我家則自行加入楓糖漿、蜂蜜或果醬，吃過的人都說讚！

錯綜複雜的米綫家族

不少朋友來到麗江，一開口就說想吃「過橋米綫」，令人失笑，因為「過橋米綫」固然是滇菜代表，但是不是雲南各處都吃過橋米綫，在麗江想嘗嘗過橋米綫得到「雙橋園」或「橋香園」等連鎖店才吃得到。

和粑粑相較，雲南的「米綫」家族勢力更龐大，做法也更複雜，全地域而有不同風味。除了名氣響亮的蒙自「過橋米綫」，其他如小鍋米綫、豆花米綫、羊肉米綫、沙鍋米綫、臭豆腐米綫、涼米綫，花樣之多令人眼花撩亂。

　　旅遊書上對雲南米綫有這樣的介紹：一類是傳統的「酸漿米綫」，將大米經發酵後磨粉製成，製作工藝複雜，特點是米綫Q滑，帶有大米的清香，加入濃醇的高湯極易入味；另一類是「乾漿米綫」，即是大米磨粉後直接放到機器中擠壓成型，靠摩擦的熱度使大米糊化成型，曬乾後即爲「吃米綫」，食用時，必須先蒸煮漲發。

　　米綫還有一位外型、口感截然不同的「表親」──那就是以大米爲原料的「餌塊」，有圓形、方形的餌塊可以切片拿來油煎，也可以切成餌絲拿來煮，又軟又滑的口感和寧波年糕相近。

　　同樣都是餌塊，雲南騰沖的餌塊卻有個響亮名號「大救駕」。相傳明末永曆皇帝被打敗後逃往緬甸，路經騰沖時，又饑又乏，當地人就端上一盤炒餌絲給落難皇帝，皇帝吃得津津有味並出口封贈騰沖炒餌絲爲「大救駕」。所以市場上也可以看到優質大米做成的餌塊「大救駕」，將其切片後配上鮮肉、火腿、雞蛋、多菇、泡辣椒烹炒即可。

酥油茶，來點大麻籽調味！

　　雲貴西藏一帶都很流行全家大小早上喝杯油茶，幹活有力氣，也可補充熱量。除了常見的藏族酥油茶，麗江的納西族、摩梭族也習慣喝酥油茶，裡面還會加入芝麻、核桃、蜂蜜等調味，口感較藏人油茶來得更豐富。

　　不過，我的永勝朋友都說，永勝油茶味道更佳。味道可甜可鹹的永勝油茶所用道具不同，必須準備一個土製陶罐用以煮茶。做法是把豬油和生米放入陶罐，開小火炒至米略帶焦黃，然後剝下一小塊沱茶放入罐中，加水煮至沸騰。過去當地人也常以大麻籽（就是我們視為毒品的大麻的種子）磨成醬，把麻籽油加入油茶中成了「麻子茶」。另也可加花生、核桃、南瓜子磨成的醬，增加油茶濃郁的口感和香氣。

09

和獵鷹一起　搭公車

麗江古城沒有交通問題：出入全得靠一雙腿，因為古城不允許車輛駛入，只有特許的垃圾車和運貨的三輪車可以進出，完全是一個適合步行的小鎮。走出古城，步入新城市區，就得靠車了：有票價一元的公交車，有七元起跳的出租車，也有私人經營固定路線巡迴的小麵包車，隨招隨停。

在未買車前，我們一家人幾乎都以公交車代步，特別是家門口的三路車是唯一的交通工具。過去的三路車是出了名的破爛，車身幾近解體、報廢，但是上下學的尖鋒時期還是擠得喘不過氣來。

談到「擠車」，我們台胞可不外行，當仁不讓一馬當先衝上去，將錢投入票箱，一轉頭，差點沒嚇得大叫出聲，身旁竟然有隻老鷹虎視眈眈地以金黃眼眸直勾勾盯著你！和凶猛的飛禽共搭公車的初體驗，只可能在麗江發生！

老鷹也搭公車代步

原來納西族男性受到漢化影響，迄今仍有不少人保有放鷹打獵的習慣。養鷹、放鷹還得先從捕鷹開始。在野外設下陷阱捕捉老鷹，捕得老鷹之後就必須加以「馴化」，剛開始得用針線把鷹的眼皮縫起，在黑暗中讓牠適應環境並接受餵食。過幾天把線拆了，讓老鷹習慣在居家環境中生活。

想像中老鷹是何等凶猛，怎可能輕易被人類所豢養？「沒聽過『人為財死，鳥為食亡』嗎？」為了食物，尊貴如老鷹還是會乖乖就範，友人東巴如是解說。年輕時養鷹超過四年，東巴卻從不曾餵老鷹吃牛肉，而是餵食老鼠，「我在自己家裡捕老鼠。你算算一天至少一隻老鼠，三、四年下來我捉了多少老鼠？」幾乎自家和農村裡的老鼠都難逃東巴手掌心。

每當秋收冬藏之際，在古城、新城常常看到納西男人戴著皮手套，舉起一隻手，手上站著一隻凶猛的老鷹，模樣煞是威風。這回帶著老鷹搭公車的老伯不知正和三五好友相約出門打獵？還是帶著老鷹出去溜個彎？沒有問到答案，卻及時拍了張照片，記錄這人鷹共乘的難得經驗。

晉升有車階級

　　在台北生活，沒有車子代步簡直難以想像；然而搬到麗江，一方面是證照未齊備，另一方面是家門口大馬路一修就修了九個月，泥巴塵土飛揚，連漂亮衣服都不敢穿出門，更遑論買車了。

　　當路修得差不多，搭公車的耐性也消磨殆盡，老公終於決定買車代步。買車總得先有駕照，為了換發大陸駕照，老公也來回折騰好幾天。

　　這裡規定持台灣駕照可以換發大陸駕照，但必須先考筆試。為了取得筆試資格，另一半拿了台灣駕照去報名。沒想到，車管所承辦人員要求出具證明，證明台灣駕照上寫的有效日期「民國一〇一年」就是「西元二〇一二

年」，這還真是難倒了我們。所幸跟此地台辦求助，台辦告訴對方：「不存在這個問題」，才算勉強應試。至於駕照筆試，四十五分鐘考一百題，每題一分，九十分及格，臨時抱佛腳的老公考了第二次才過關。

想買車，麗江不比昆明，選擇十分有限。在台灣開過雅哥、開過BMW，這回反倒是選擇大陸國產的柴油吉普車「陸風」，原因無他，「俗擱大碗」罷了。一方面是柴油車省油省錢，一方面是雲南山路多，道路狀況複雜，開這種車翻山越嶺比較不會心疼肉痛。此地買車不像台灣每年徵收牌照稅、燃料稅，而是統一每個月繳納「養路費」，五人座小型車每月二百二十元，一次繳一年另有折扣。

現代考照傳奇

麗江是個典型的旅遊城市，開車這一行算得上熱門，據說在這裡光是出租車就有數萬輛，一台出租車車牌轉讓就要十萬元。另外，開「微型車」（也就是小麵包車）的職業駕駛也很多。所以每年報名考駕照的人數多達數千人。

麗江學開車並不便宜，幾乎是和台灣學開車一樣的水平：一般小客車是二千五百元，大卡車三千二百元。程序是先考筆試，再考路考。這也滿合理的，畢竟把交通規則和號誌都搞清楚了，再上路學車也比較安全。

考駕照是個新鮮的經驗。大概十幾年沒進考場了，這次參加筆試難免緊張，事先還上網模擬作答了好多回。唱名進入教室後就分

配到一台電腦前開始做答，不過週圍卻很熱鬧，有人猛看小抄，還有人索性別過頭來問：「這一題答案是什麼？」

通過筆試後，展開為期兩個月、每天上午八點半到下午三點的「道路駕駛」課程。第一天上課就見識到此地教學的實戰威力：管你以前會不會開車，六個學員輪流坐上駕駛座，就開始「一踩（離合器）、二掛（上一檔）、三鳴（按喇叭）、四放（放手剎）」，然後踩油門出發。

即便以前有多年駕駛經驗，第一次開手排車不免手忙腳亂，更何況有兩位女同學完全沒有碰過車！上課第一天就趕鴨子上架直接上路，接下來幾天，我們幾個同學輪流從駕校開到駕訓場地，手握方向盤，心裡七上八下，不知嚇死了多少細胞。

一邊學開車，一邊望窗外的玉龍雪山，黃土路上有牧人放牛，還誤以為置身在阿爾卑斯山下！其實，這正是本校專用的道路駕駛訓練場——位於麗江古城北方的白沙太平村、昔日赫赫有名、今已荒廢的「駝峰機場」！

二次大戰期間美軍援華志願航空隊（也就是我們熟悉的飛虎隊和陳納德將軍）在雲南與日軍空軍作戰，在一九四二年開闢了著名的「駝峰航線」，成為當時國際援華抗戰的唯一補給線。而白沙機場正是駝峰航線的重要起降點之一。這條飛越喜馬拉雅山的航線，條件嚴苛氣候惡劣，戰時盟軍損失了六、七百架飛機和兩千多人。在這個深具歷史意義的萬畝荒沙壩上學車，開車時心情五味雜陳，並不時為車窗外壯觀的雪山所震懾。

風景固然優美，不過春日天氣變化無常，時而吹起狂風，掀起一陣陣「沙塵暴」，回到家裡，衣服、臉上、鼻孔、嘴巴都是細砂；時而變天，涼意逼人，只見學員撿起枯枝就地生火、烤火取暖，順便打打撲克「鬥地主」，也算是學車奇觀！

只是這個特別的場地找不到廁所，大夥兒只能各自找個隱密的草叢解決問題；而民生大事——吃中飯則好辦：我們每天都固定到一家「農家樂」用餐，一人十元的合菜。後來才知道這家餐廳主人是交警大隊某領導，駕校全

體同仁自然要卯起來捧場……。

學習道路駕駛不僅限於教練場，技術到位後，教練還領著學員一路開車到鄰近的永勝、華坪、下關等地。教練信心滿滿：「能在雲南、能在麗江考到駕照，到中國哪一個地方開車都不成問題！」

10

鄉下老鼠　進城

移居麗江幾個月後，突然忙著上網訂飯店、買機票，目的地是香港。只因為在MSN上聽聞老媽和老妹在台北大啖港式飲茶，想到燒賣、蝦餃、鳳爪、腸粉、叉燒酥、蛋撻……，口水直流，決定前往「美食之都」犒勞一下委屈已久的五臟廟。

老實說，過去到香港不知多少回：時而爲了出公差採訪，時而爲了換季血拼，有時爲了帶兒子去海洋公園，但沒有一次如此「迂迴」：在小城搭乘夜晚臥鋪巴士到達昆明，再從昆明搭機到深圳，再從羅湖火車站轉赴九龍。如此迂迴，說穿了就是爲了省錢。既然此行純粹是爲了「好吃」，聽來名不正言不順，還是將就點兒，希望大吃大喝時可以Guilt Free！

許久未見的香港老友知道我此行目的，了解山城裡可稱之爲海鮮的不過就是草魚、鯽魚和鯉魚，特意帶我去吃地道的港式海鮮。尋尋覓覓來到銅鑼灣謝斐道的喜記，這裡的避風塘炒辣蟹還是王菲、謝霆鋒熱戀時的宵夜最愛，一邊品嘗著香辣濃郁蟹肉滋味，一邊吸吮著「瀨尿蝦」的鮮甜，老友、好菜和好酒，果眞人生一大享受！

只是，想不到這樣一趟「美食之旅」意外帶來另一層感受：並不是此地美食眞得讓人把舌頭給吞了而不自知，而是頭一回體驗到鄉巴佬進城的新鮮和衝擊。

鄉下老鼠症後群

好像幾世紀之久，第一次看到那麼多Gucci Logo的皮包和這麼多雙Nike球鞋（而且不是仿冒品），和彷彿從時裝雜誌走下來的入時男女，一時間，頓感迷失，在香港的地鐵站裡。想來，劉姥姥進大觀園時也是這般感受。

不過，鄉下老鼠進城後很快就出現「症後群」：頭一個就是感受到週圍的人特多，多到有點令人喘不氣來，就算飛機剛降落在海拔二千二百公尺的麗江機場，也不曾有這樣的反應。

面積僅一千一百平方公里的東方之珠，人口六百八十萬。相較於我住的小城，每年來訪的觀光客也有四百萬人，說來也不算少。只是再怎麼也比，也比不上香港地鐵站裡人潮摩肩擦踵來得寫實。尤其進出地鐵車廂時，似乎可以感到自己硬生生地淹沒在人潮中。

物價三級跳

另一項「鄉下老鼠症後群」就是物價換算得令人心驚：從九龍過個海底隧道到香港島，地鐵票價是港幣十一元，在麗江可搭十一趟公車。到茶餐廳隨便吃個早餐，一碗魚蛋麵就是十八元，心想足足可買好幾張粑粑。因應端午節刻意買了料多實在的港式粽子，一粒港幣六十元，也可以闊綽地在小城餐廳擺一桌了！

春夏流行的連身洋裝，一看標價，港幣六百多元，隨隨便便就是小城打工一個月的薪水，幾經掙扎，摸著洋裝的手就放了下來。瑪丹娜加持過的「森巴拖鞋王Havaianas」夾腳涼鞋，一雙也要兩百港幣起跳，雖標榜天然橡膠，環保又舒適，但想想一雙塑料人字拖鞋與兒子一學期學費相當，實在有點說不過去，便打消與娜姐同步流行的念頭。

如今，住在這個國際旅遊權威機構選為「中國最令人嚮往的十個小城市」，嘴裡叨念的，是市場上五月桃一斤多少錢，終於找到一家勉強可吃的

吐司麵包，經過多次錯誤實驗發現某牌醬油不會黑如墨汁，味道鹹死人……。就在逐漸轉型為「師奶」的心境下，站在天星碼頭望著香港島聞名於世的天際線，意外發現，心頭的驚嘆仍和第一次看到香港夜景時沒什麼兩樣，不禁慨嘆：這城市的美好豈是張愛玲書寫得完？

城鄉的強烈對比

城市夜景固然璀璨，然而鄉下的星空自有單純感動。回憶和朋友包車前往滇西北的香格里拉市（迪慶藏族自治州的首府），沿路只見牧人和「犏子牛」（犛牛與黃牛的混種），還有不少野放的豬仔在路邊散步，只因這個神仙住的地方僅能種青稞和春麥，牛豬沒有飼料可吃，只好隨處放牧。在這海拔三千三百公尺、空氣含氧量之低，連蒼蠅、蚊子都難以苟活的香格里拉，卻是我看過最多星星的夜空。

另一回，在遊大理洱海的途中，車穿越了無數鋪滿曬乾麥梗、豆梗的柏油路，只因為輪胎是碾穀穗的最佳工具，一趟環海行下來，麵包車成了「草包車」。另一半回憶，早期台灣農村也是如此，馬路是最好的曬穀場；對我來說，則是全然新鮮的畫面。在這裡，我是十足的城市人；在彼岸，我卻成了十足的鄉巴佬。

城市雖好，總得抬頭才看得到天空；而鄉下縱有萬般不便，白日晴空和夜晚星空隨時將你抱個滿懷，不論你樂不樂意。

嘗過了生猛海鮮、飲茶、越南菜、魚生粥、義順燉奶、許留山芒果爽等，收拾行李打道回府，行李箱裡的「戰利品」有義大利麵、特級橄欖油、早餐麥片、pancake粉、高級巧克力，若海關人員開箱檢查，一定笑彎了腰：「這人肯定餓昏了！」

沒錯！鄉下老鼠終於心滿意足打道回府，只是回到鄉下赫然發現，鄉下老鼠和城市老鼠的差別其實沒有想像中大：麗江男人全都失蹤了——原來都守在電視機前不眠不休觀看世界盃，這一點，倒和香港男人和全世界其他角落的男人沒有什麼太大差別。

11

蘋果樹　花園

觀察一個人，不妨登堂入室，觀察他的書，或他的花。

無論是玻璃瓶裡插著從榮市場買回來的夜來香，還是淡雅高貴的蘭花盆栽，或繫滿紅緞帶的發財樹，甚或大朵大朵俗艷的人造牡丹，在在都透露主人的品味與喜好。

在台北生活，經過大街小巷，看到陽台綠意盎然，或院子裡有緋紅的櫻花或飄香的桂花，每每心生羨慕：這裡肯定住著一位巧手的女主人或男主人。

母親是極有審美眼光的天秤座，年輕時上市場，寧可少買點榮，也要買花。慚愧的是，我並沒有遺傳到母親這種「愛花不怕肚子餓」的精神，卻也喜歡有花為伴，昔日只要有人送上一束花，都會高興老半天。如今遇到生日、情人節等重大節日，另一半開口說要送花，我則直接回以：「免了吧，還是折現實在。」

久未感染花的情調，旅居中國雲南卻目睹「雲南十八怪」順口溜中「四季鮮花開不敗」的現象：「春城」昆明的奉義花市享有盛名，鮮艷欲滴的玫瑰一把只要十元；昆明機場也很有新加坡樟宜機場花花草草的特色，入境大廳販售新鮮切花和幾可亂真的各式人造花，觀光客不怕麻煩地一把一把拎在手上，只是想把這股春城花香帶回家。

愛花的民族

　　旅居麗江，這裡的杜鵑、海棠、茶花、菊花、牡丹，還有十里香、紫藤、月季、仙客來、玉蘭花、桂花……四季花開。進入納西民居更可以用眼睛、用鼻子去親身感受。

　　古城民居融合中原古建築和白族、藏族的民居特色，以合院式住宅爲主，其中屬於公共空間的天井，也是舉行家庭聚會的場所，請客吃飯、打麻將、喝茶聊天都在天井中進行。天井四週布滿花木和盆景，滿園春色，因而享有「麗郡從來喜植樹，山城無處不飛花」的美稱。

　　日常生活少不了花，民俗節慶更是如此。正月十五元宵節，我們漢人忙著提燈籠、吃元宵，麗江的納西族則爲了年度的「棒棒會」起了個大早。只見市集裡人山人海，賣蘭花的、茶花的、掃帚的、竹畚箕、竹簍、把料，讓人眼花撩亂。原來這「棒棒會」正是納西族人春耕的「籌備大會」，把所有耕作道具準備齊全，一年的農活也即將展開。

　　不過，如今真正務農者還是少數，只見老人家小心翼翼地抱著含苞待放的茶花樹回家，年輕姑娘則好新鮮，捧著五顏六色的仙人掌，個個滿載而歸。而我興沖沖地買了好幾把剛從山上摘下來的茶花，一元一把的山茶花就這樣輕易地把春意提早帶進屋裡。

　　另一個重要節日是每年農曆六月廿四日到廿六的「火把節」，相傳古老時代人類觸犯了天神，神明決定滅族懲罰，一位心有不忍的神明特地下凡，偷偷告訴人類解厄祕方，那就是在農曆六月廿四日家家燃燒火把解除災厄。後來少數民族認為以木柴束起的火把光禿禿的，實在不怎麼賞心悅目，便以鮮花、甚至蘋果裝飾火把。

　　這些火把以各種鮮花裝飾，有時是向日葵，有時是山上摘的小野花，五顏六色，如同美國紐奧良嘉年華滿天丟滿彩珠般的戲劇效果。入夜後，大家聚集在街道上開始燃燒火把，然後跳過熊熊火焰的火堆，象徵著跟過去一年霉運說拜拜。

院子雖小，驚喜多多

　　家裡唯一不歸我管轄的就是花園。

　　生活在城市多年，早就不知花園為何物，頂多就是在陽台上擺些觀葉植物，或逢年過節擺盆蘭花應景，如此而已。所購房子有個十八平米的前院，又因位在邊間，額外加了三千元，往外拓寬，成了約莫二十一平米大小（約六坪多）的花園。

　　鄰居多是本地納西人，院子喜保有納西傳統風格，即以鵝卵石和青瓦砌鋪陳出吉祥的圖案，例如蝙蝠代表著「福」或直接「福如東海」或納西族崇拜的圖騰。院子四角則置有水泥墩，上面擺放了大盆大盆的蘭花、各式花草，自成一格。

　　老公嚮往歐風花園已久，用這裡特產的五花石舖成了彎彎的石板路，兩旁植滿青草，再種上一些花花草草，形成自成一格的「龐氏庭園」。

　　院子裡的主角當屬蘋果樹。當初老公和納西友人小陳一起到山上去看樹苗，老闆開價二百五十元，結果小陳出馬，五十元搞定。原本光禿禿的蘋果樹在數個月後，冒出嫩綠新芽，枝頭還開了粉色的蘋果花，不多時，竟結了

一粒粒青蘋果。對於我這個血統純正的城市鄉巴佬來說，家有一顆結實累累的蘋果樹簡直就是奢想，而自家蘋果酸中帶甜的滋味也令人回味再三。

除了蘋果樹和桂花樹，院裡有從「棒棒會」買回來的冬青、茶花和杜鵑，還有好心鄰居送的燈籠花，和散步時沿路跟不相識的鄰居剪下來的玫瑰、菊花和大麗花插枝，日前栽的迎春花和炮仗花的藤蔓也悄悄爬上了鐵門。圍籬外不知從那兒飄來的種子落地生根，在盛夏開出了好幾株高大的向日葵，把花朵曬乾後，裡面的葵瓜子嚼起來既不脆也不香，卻自有來自土地的果仁天然滋味。

院子雖小，驚喜卻接二連三。

小王子和他的玫瑰

若是看不到老公的人影，肯定就是在院子裡，早起他坐在長凳上看書，傍晚時拿著根水管澆花，晚飯後以為人不知鬼不覺地躲到院子裡捲根煙，吞雲吐霧……。看到他這副模樣，想起那位愛花的小王子，「是你為你玫瑰所花的時間使它重要」——曾聽它自怨自艾，曾為它殺了好幾隻蛹，曾以屏風避護，曾經小心放在玻璃罩下，小王子對於那朵玫瑰的百般呵護，正是另一半對花園的寫照。

只要小狗不乖，啃著杜鵑、玫瑰、繡球花枝葉當成零食，老公就像抓了狂似的，少不了一頓教訓。朋友送來了兩隻母雞，一天下一個蛋，原本當成寶般看待，不過當母雞把院子裡的土都刨過一遍後，老公耐心全失，決定將雞移送朋友看管。

從鄰居處挖來的鳶尾花，種了半年多，一點開花的跡象也沒有，一日只聽他興奮地吆喝：「你看！開了一朵花了！就跟你說，春天要到了吧？」

拜託，不過就是一朵貌不驚人的淡紫鳶尾花罷了。一朵花就代表一個春天？可真不是普通的觖氣。

12

寶哥寶妹和　Lazo

我女兒屬猴，兩歲多，正是可愛的時候。

平時看似天使的她睡覺有個怪癖，她會用兩隻小手不斷地撫摸我的臉頰，有時非得把手伸進我的衣領裡，才心滿意足的睡著。有時嫌她的手冷冰冰，叫她不要摸我的臉，她杏眼微睜，一臉無辜：「那我摸妳脖子，好不好？」好像我是她的大型安撫玩具，讓人又愛又氣。

不過，看著她熟睡的臉龐，不敢移動那圈在脖子上的小手，心想：「世界上再也不可能有兩個人可以如此親密，像她這樣全心全意地信任、依賴，非得圈住脖子才能入睡吧？」我不知道其他父母和孩子是怎樣互動，至少我不曾有過這樣的經歷。

這也是移居麗江後，幾乎一天二十四小時和女兒黏在一起的「幸福感言」（「抱怨感言」可能要另外寫成一本厚厚的書）。

若說台北和麗江生活最大的差別，就是和孩子相處的時間變多了。過去在台北雙薪家庭大多週末才扮演一下全職父母，到了麗江成了「閒父閒母」，二十四小時Stand-by，親子相處時間不僅是台北的數倍，可能數十倍、數百倍。

一日，兒子上床之前，兩人又抱又親。心裡滿溢感動，對另一半說：「我們來麗江最大的收穫就是和兒子、女兒相處時間變多了。」兒子進步很多，性格也漸穩定，女兒從搖搖學步、牙牙學語，到如今活潑可愛的模樣。看著他們倆，我打從心底慶幸，沒有錯過他們的成長。

一年長高十五公分的寶哥

搬到麗江之後，全家最忙的大概是我兒子阿寶。首先，忙著「水土不服」——搬到此地後，阿寶上吐下瀉

了好幾回，多天手、腳、耳朵得了奇癢無比的凍瘡，初春也不知對何過敏第一次發作蕁麻疹……，簡直就成了「問題兒童」！

雲南飲食偏辣，阿寶到此吃辣功力大增，自稱是「辣不怕」，吃任何東西都要搭配「蘸水」（即辣椒粉、香料粉、蔥丁、蒜末加湯汁即成 。「我不算什麼，我同學最厲害的可以一碗米綫加一大匙辣子粉在湯裡，我看了都害怕。」只是迄今阿寶還是不習慣學校提供的午餐，每天中飯兩菜一湯，兒子說：「最常見的菜色就是酸辣土豆、回鍋肉、雞豆涼粉，還有沒加鹽、沒加油的青菜湯。」回家一看到桌上有回鍋肉，阿寶就放下筷子投降。這裡沒有他最愛的Friday's辣雞翅或貝里尼的義大利麵，阿寶勉為其難地評質：「這裡的東西也不是全都很難吃啦！像大理餌塊就還不錯。」

儘管水土不服，飲食又不習慣，但搬來一年，阿寶抽高了十五公分，球鞋都換了三雙，十足大男孩模樣。

82

功課多吃不消

　　此外，阿寶也忙著適應全新的學習生活。搬到此地第一個月，請來老師每天幫他補習，因為他在台灣從未學過「漢語拼音」和「簡體字」。開學後，阿寶早上七點起床，七點半上學，下午五點放學（他們從小一就念全天班），回來就開始寫功課，第一學期每天總得寫到晚上十點。

　　阿寶念的是麗江實驗小學，學制不同，小學五年、中學四年；教學的內容也跟一般小學不盡相同。由於誤打誤撞就讀這所明星學校，後來才發現全校共有三千多名學生，阿寶班上就有六十四人，中學某些班級人數甚至多達八十人。「功課變得多了，」阿寶皺著眉、苦著臉接受老媽的訪問：「不過，我在這裡朋友也變多了。」

　　不單作業變多，而且從小學三年級開始規定用鋼筆書寫。結果寶貝兒子連

簡體字都還認不全，就要有模有樣地拿鋼筆寫字，結果可想而知，經常滿手又黑又藍，就連房間地毯也是東一塊西一塊墨漬。

幸運的是，阿寶遇到的老師教學都很認真，有時放學後會把同學留下來檢討考卷；表現不佳的同學，老師也會要家長到校「懇談」。老實說，我們這學期就被老師請到學校三回。

全家最像本地人的也是阿寶，尤其是看多了大陸的動漫，例如我們熟悉的貓抓老鼠的卡通《Tom & Jerry》這裡變成《大洋芋和小米喳》，兔寶寶則成了《燒包穀》。不止名字風馬牛不相及，卡通人物既不說英文，也不說普通話，反倒以昆明話配音。阿寶看了幾遍，就可以模仿得維妙維肖，把大夥笑彎了腰。

超人氣明星寶妹

女兒「妹妹」是我家的外交大使。不論是到古城閒逛或遠赴昆明、大理，她都是「人氣明星」，大家都想捏捏她的小臉，好奇的問：「這麼小就出來旅行呀？」其實女兒八個月大就第一回來麗江玩，那時還喝母奶，全程都得用抱的；如今女兒時而坐著娃娃車遊古城，時而自己蹦蹦跳跳牽著她最愛的青蛙玩具在古城的石板路上散步。看多了迪士尼卡通，她也自以為是公主，披著斗篷，緩步下樓，自己大聲宣布：「公主駕到！」

我家的公主藝高人膽大，不到兩歲就敢一個人騎馬（當然前面有人牽馬），在家最愛玩的遊戲就是把老爸當馬騎，還有模有樣學著馬幫牽「馬」（也就是她老爸），問我們：「你要去拉市海？還是束河古鎮？」平常還喜歡跟在哥哥的屁股後面轉悠，兄妹倆一起哼唱著周杰倫的〈千里之外〉。

一歲五個月就搬來麗江，妹妹自有她的認同原則：當她穿起納西圍裙，她會說自己是「麗江人」；帶她從新加坡玩一趟，她就說自己是「新加坡人」；至於哥哥則是「台北人」、阿公則是「四川人」……。

忠狗Lazo

在麗江到處都看得到狗，光是我住的小區，至少有十來條狗。這裡的人似乎也不講究名犬，也不太視狗爲寵物，只是習慣居家生活有狗相伴。而我從小就跟寵物無緣，小時候父母覺得養小孩都忙不過來了，養狗想都別想；自己成家後，住在高樓六廈，也覺得不適合養寵物。沒想到一到麗江，友人就從山上牽了一隻小土狗在家裡等著了。

一身黑的Lazo，原本爲他取了個洋名，後來看到瀘沽湖的朋友多吉養的藏獒名叫Sizo（摩梭語爲『鹿的兒子』），屬虎的阿寶問多吉：「那『老虎的兒子』怎麼說？」自此我家的狗就有個摩梭名Lazo，也就是「虎之子」。只是用普通話念起來有點像「臘肉」。

也許是長牙和磨牙的關係，任何東西落在Lazo口中，都以破爛收場，包括妹妹的玩具、垃圾筒、朋友的鞋子無一倖免。貼心的是，週末全家到古城院子住一晚，Lazo絕對是睡在臥房門口，寸步不離，頗有忠狗的架勢；有時在書房寫稿，牠也躺在房門口，動也不動，好像不想讓我太孤單。

家裡有了一條狗，好像眞的不缺什麼了。

今天的生活，明天的記憶

阿寶搬到麗江的第一個生日，是在大理過的。爲了阿寶生日，煞有介事地跟朋友借車，花了三小時開了一百八十公里到大理，只爲了有好吃的西餐、披薩爲他慶生。或許有人認爲小孩生日何必大費周章，但我覺得這種「儀式」很棒——因爲很多事情錯過了，就不會再有了，希望阿寶長大偶爾回想

起全家一起幫他過生日的景象。

　　這裡不興過聖誕節，老公還是挖了一棵柏樹，我們一起裝飾聖誕樹，預約聖誕大餐，準備聖誕禮物……，也希望和孩子一起玩，一起記憶。

　　昔日每年全家總要出國旅行一、兩次，儘管長輩常覺不以為然，然而我相信每趟旅行都會給孩子潛移默化的影響，八歲前阿寶去過日本、美國、泰國、峇里島、新加坡。如今我們依舊旅行，目的地變成了大理、昆明、瀘沽湖、中甸，未來還可能延伸至與雲南接壤的緬甸、老撾。

　　在這裡，我和兒女一起寫故事，希望是那種可以回味一生的故事，而他們正是故事的主人翁。

13

異鄉異地　新朋友

像我這種既不交網友，又不流連泡吧的「史前人類」，生活圈子就這麼一點兒大，也無心擴大發展。細數眞正談得來的好友，扳開十個指頭都算得出來。加上孩子陸續報到，想交新朋友的時間和機會也愈來愈少。

移居異鄉意外發現，交朋友原來很容易。也許是初來乍到的局外人，也許是心情突然放鬆，舉凡出門買個早點、做件衣服、住個客棧，都有可能認識新朋友。大家不問背景藍綠，沒有利害關係，來自各地偶然相識的朋友各有精采生活，令久居大城市的我望之興嘆。每個新朋友就像一扇窗，爲我開啟了不同的風景，時而莞爾，時而動容……。

在我們全家移居麗江的過程中，我第一次體會到「在家靠父母，出外靠朋友」這句老話的硬道理。

小方和東巴

張瓊方，金牛座，有著北方大妞的急性子和熱心腸，卻是道道地地的台灣姑娘；和正剛，雙魚座，理著小平頭膚色黝黑的納西男人，是我們在麗江遇到的一對貴人。

小方和東巴（本名和正剛）算是這裡的小有名氣的「新聞人物」；因爲小

方是第一個台灣女子遠嫁到麗江來，成爲納西族的媳婦，所以不少台灣的旅遊節目都曾訪問過這對夫妻，她和東巴的愛情故事還上了中央電視台。

我無意在台灣看了某旅遊節目，知道有位台灣女子遠嫁麗江，經打聽後找到了小方和東巴在新華街開的店。第一回是在她哪兒純聊天，還買了幾件手繪東巴文的T恤做爲伴手禮。第二回來麗江就專程拜訪小方，向她請教移居麗江的事宜，帶著姪女、姪子來此念書，她對居留、購屋、小孩就學等等，都有第一手的經驗。三度造訪麗江就登堂入室在小方家盤桓數日，爲的是辦理房產證。

我常說，若沒有小方和東巴的幫忙，我們移民麗江的過程不會這麼順利。當然，個性率直的小方可能回以：「不要再叫我『貴人』了！我寧可當『貴婦』！」

記得當時她熱情邀我們參觀她才剛裝潢好的新家，我們也毫不客氣全家大小登門拜訪。那是一個蓋好了兩年多的小社區，青瓦白牆三層樓的連幢洋房，外觀保有了納西風格，內部卻是現代格局。巧的是，小方家旁邊間一直空在哪兒，我們興沖沖地要求參觀，沒想到，這一參觀就成了我們定居麗江的家，和小方也從此做了彼此照應的鄰居。

至於台灣姑娘和納西男士的愛情故事，小方以「個性吸引」一語帶過。二〇〇〇年小方遊麗江時因「問路」而結下情緣，東巴這位「台灣女婿」十分「古意」，時常掛著靦腆的笑容，就像他的木雕一樣，仍保有原始和質樸的面貌。至於朋友都稱他爲「東巴」：那是因爲這裡信奉民間宗教「東巴教」，「東巴」是進行宗教儀式的業餘祭司，平時可能是農夫或村裡的

長者、智者，也相當於納西人的民間文化菁英。如今有心學習、傳承東巴文化、文字的族人都可稱爲「東巴」。

和多數定居在此的納西族人一樣，東巴也曾親身遭逢一九九六年七級大地震的戲劇經歷。他記憶猶新，那天晚上他吃完晚飯就騎單車去石灰廠上班，走到半路突然連人帶車摔倒在路上，道路破裂隆起，驚魂未定的他趕緊回家。回到家門口，只見一大群鄰居圍著直呼：「還沒有人出來」。後來發現，當時正在吃晚飯的父親和兩個妹妹都被壓倒在廚房裡，父親鎖骨斷裂，妹妹也被熱水燙傷。這場地震造成古城三分之一的建築倒塌和三百多人喪生，倖免於難的東巴一家人則在避震帳篷裡住了好幾個月。

經過快速重建，麗江古城一躍爲世界文化遺產，帶來無數觀光客，也讓東巴遇到他人生的另一半——來自台灣小方，成爲第一位納西族的台灣女婿，也成了我麗江日記本裡的新朋友。

高叔和鄔阿姨

若不是遇到這麼多「好人」，我們眞得不會考慮冒然搬到麗江。

高叔和鄔阿姨，六十幾歲，吉林人。他們夫妻完全是現代工業社會中的少之又少的「好人」——溫暖對待非親非故的台灣晚輩，且在我們需要幫忙時毫不遲疑伸出雙手，又從不要求回報。

高叔夫婦是我們第一次來麗江旅遊時，買早點認識的。當時高叔和阿姨在古城邊的一所小學旁賣早點，祖籍東北的老

公光顧了幾回，就結織了這對東北老鄉。原來兩老退休後，便應在麗江工作的女兒之邀，從東北搬到麗江來享受退休生活！個性古道熱腸、乜閒不下來的夫妻倆在古城開了小舖，賣早點給小學生，打發打發時間。

當高叔知道我們這對台灣夫婦有意舉家搬來麗江，但又人生地ㄅ熟，不但讓我們全家住進他家裡，而且一住就是半個月；購屋後的裝修過程，高叔也義務每天騎單車來監工，風雨無阻。對朋友所託，高叔比自己的事更盡心，讓我們不知如何言謝。 只有藉著書的一角，向兩位長輩說聲：「真的很謝謝你們的照顧。」

仕美

仕美，二十出頭，永勝人。

全家第一次到麗江玩，佳在古城百歲坊客棧，當時仕美正在客棧裡幫忙，

打掃衛生煮飯鋪床等等，一手包辦，十分能幹。在我們決定搬來麗江後，便開始「挖角」遊說仕美到家裡幫忙。喜歡小孩的仕美也一口答應，在我們還未搬進家門前，就住進新家為我們打理一切。

雖然年紀輕，仕美不像坊間年輕女孩打工沒定性、沒長性，反倒學習能力很強，在一波又一波親朋好友的「指導」下，原本廚藝就不錯的她已會做餃子、蔥油餅、包子、玫瑰餅都頗獲好評！還有不少人回台灣後最想念的還是仕美做的玫瑰餅。

小陳

小陳，三十好幾，納西人。

小陳身世「複雜」：奶奶是摩梭族，父親是漢族，但他卻是納西族。所以他會說普通話、納西語、摩梭語和雲南方言。家鄉在麗江境內最北邊的奉科（也就是忽必烈度金沙江的所在），很早就來麗江打天下。

小陳十五、六歲時曾經隻身跑到廣西去學武功，如今看來似乎也十八般武藝樣樣精通：舉凡三樓陽台大玻璃清潔，他可以搭個鷹架從一樓爬到三樓去擦玻璃；三樓陽台積水，他則懸空飛簷走壁拿著電鑽去鑽洞；其他如教阿寶騎馬、小狗生病、花園除草等，這些都難不倒他。

小鋒

小鋒，二十出頭，江西人。

娃娃臉的小鋒是我第一回來麗江旅遊認識的忘年交，當時他在遠親開的服裝店打工，能言善道，讓我荷包破財不少。他曾經四處闖盪，在廈門待了一段時間，也曾到廣州學裁縫，後來回到古城自己開了一間小店，小小年紀獨立自主，我都自嘆弗如。透過小鋒，也結識了此地一群年輕朋友：來自新疆

的蒙克，來自內蒙的齊林、會畫畫雕刻的彩彩和愛玩滑板的阿軍……。個個都有禮貌地叫一聲「姐姐」，我也厚著臉皮當之無愧。

文玫

若有人說我們一家人移居麗江的決定是很瘋狂，那他一定不認識文玫。

文玫，四十幾，長住洛杉磯的台灣人。

文玫是來此才認識朋友，已婚育有兩女，台灣長大，十多年來一直定居美國。當她前來麗江束河古鎮旅行，立刻就喜歡上這裡，於是她把老公、女兒留在美國，一個人來到束河古鎮頂了一間客棧，開始裝修、營業，如今已是束河古鎮裡一處很有味道的客棧。

相信文玫隻身異地生活勢必面對不同的挑戰：包括在台北年長的雙親的關心，與先生、女兒相隔兩地的想念；還有隻身在異地打理一切的壓力。不過每回看到文玫總是掛著溫柔的笑：「我夢想好山好水已經有很長一段時間了。」當另一半在洛杉磯忍受攝氏四十五度高溫開車上下班的同時，她則開散地在古鎮小徑上散步、種花，甚至坐在院子烤著太陽學起打毛衣。

文玫選擇了一條很不同的路徑。所以人生何必抄近路？有時繞遠路，柳暗花明，別有風景。

攝影：林明毅

14

遊山玩水　當正業

中年無業，聽起來很慘。尤其是中年無業夫妻還帶著兩個稚齡子女，這幾乎就是台灣社會新聞的候補主角了。

不過，中年無業的我們夫妻倆還滿能「苦中作樂」，不但一口氣花了僅有的數百萬元積蓄，衝動地搬到人生地不熟的異鄉，打造人生的第二個家。同時年屆四十的我們卯足全勁感受異地生活點滴，全程陪伴兒女成長，並努力遊山玩水當正業，完全樂在其中。

不瞞你說，偶爾我還是會有罪惡感，只是感覺稍縱即逝，因為是那位有遠見的偉人曾說：「人生只有一次！」

充滿偏見的雲南印象

「建議你不要去雲南。因為她會把你留下。……她每年吸引著五千多萬人來到這裡，到中國旅行的外國人有五分之四把雲南做為旅行的目的地。有些人因為迷戀這裡而留了下來，他們準備用數年、十幾年、數十年，甚至一輩子來細細地、不慌不忙地體味這裡的一切。」一本賣得紅火的旅遊書《雲南天堂》開宗明義挑明了此地致命的吸引力，而一不小心被雲南留下來的我也有這樣充滿偏見的雲南印象。

初到雲南，總會感到輕度眩暈：因為這裡空氣清新酣暢，沒有大城市的惱人黏膩；這裡的陽光痛快淋漓，沒有反覆陰晴不定；這裡的人情純樸濃冽，全省二十六個少數民族各有特色。

很少人會不愛上彩雲南現之地，至少我對她一見鍾情，決定廝守一段時日。

旅居雲南一年多，以麗江為圓心，北往香格里拉、瀘沽湖，南遊大理、昆明，但是心中還是列了一長串的「待遊清單」：媒體報導最多的元陽哈尼梯田，想像著在群山雲海之下的梯田美景，單是元陽縣境內就有梯田十七萬畝，還有一座山坡最多有三千級梯田；當然還有六月香格里拉的賽馬會，十月的四川稻城紅葉和雲南最高峰梅里雪山……。

攝影：王蕙雅

只愛大理風花雪月

　　時間是二〇〇六年四月中旬一個清涼的夜晚。地點是雲南的大理古城。沒錯！正是金庸筆下《天龍八部》大理國痴情王子段譽的領地。時值大理白族年度盛事「三月街」民族藝術節，從農曆三月十日至二十一日間，街道上擠滿了各地來的觀光客趕集、湊熱鬧。而我人在古城「護國路」──也就是最有名的「洋人街」，一家韓國餐館的露天座位上，聽朋友爭辯著「大理好？還是麗江好？」

「麗江是個適合做生意的地方，大理是個適合過日子的地方。」在古城開了一家別具風格的二手CD店，小李如是說。

「當然是麗江好，每個美麗的城市都有水，大理有嗎？」在麗江開客棧，而且頗有口碑的常劍不以為然。

我坐在一旁不敢冒然答腔，加入這場爭論，只是心裡暗暗嘀咕：「拜託，大理背倚蒼山，坐擁面積足有二百五十一平方公里的洱海，可是雲南第二大湖！況且大理的『風‧花‧雪‧月（即下關風、上關花、蒼山雪、洱海月）』自古享有盛名，麗江的崛起不過是近十年的事，對古都豈能毫無敬意？」

不過，話又說回來，麗江後來居上也並非浪得虛名，不然怎會得到二○○五年聯合國「全球人居環境優秀城市」的殊榮？正當我心中天人交戰之際，舉目環顧卻發現，在座六個人，玉兒來自西安，小鋒打江西來，小李是四川人，常劍來自昆明，我和另一半則是台北代表，沒有一個是大理人或麗江人，反倒成了一場不折不扣的「代理人的戰爭」。

我們這一桌來自四面八方的人馬似乎正是古城的最佳寫照：一千二百年前南詔建國，接下來西元九三七年大理國統治了三百年，直到忽必烈滅了大理國……。大理便以獨特的風光和多樣魅力吸引了不少外來人口和外國人，他們來此旅行，最後留在大理。朋友告訴我，大理有個「台灣村」，台灣勢力儼然成形，喜歡大理的閒散步調和各種美食，我們也興致勃勃地把大理列為下一個暫居目標。

拜訪中甸—神仙居住的地方

也許是天候的關係，麗江的火鍋店特多：包括魚頭火鍋、洋芋雞、山藥雞鍋和來自重慶的麻辣鍋。其中最具特色當是臘排骨火鍋，在本地象山市場內就有不少當地人光顧的老字號。

攝影：林明毅

麗香緣
地址：雲南省迪慶香格里拉縣和
　　　平路
電話：887-6883737

吃過眞正好吃的臘排骨火鍋是在中甸——也就是許多人夢寐以求的應許之地「香格里拉」。客棧主人推薦的「麗香緣」，老闆是藏族人王金丁爭，「因爲這裡海拔三千三百公尺，沸點只有攝氏八十四度。湯頭必須從清晨四點就開始燉煮。」老闆很熱心地介紹。

然而，在這個神仙住的地方，一般凡人生活可是大不易，「我們生活在香格里拉，這是神仙住的地方，但絕不適合一般人，這裡連蒼蠅、蚊子都活不下去。」因爲海拔高，空氣中含氧量只有沿海地區的六成，所以用餐時習慣低坐矮凳，吃飯也只能吃個七、八分飽，「這裡你看不到大肚腩的老人。」

在老闆的口中，臘排骨不是美味而已，反倒是中甸生活的眞實寫照。「這裡豬是吃素的」，因爲此地只能種青稞和春季麥，給豬吃飼料，得花上兩、三千元，兩年後一隻豬頂多長到四、五十公斤，賣個六、七百元，實在划不來。所以這裡的豬都直接在馬路上或草原上放牧。這樣的豬隻長成後，肉質很柴，切絲炒菜都不易咀嚼，只好醃漬後風乾半年，做成臘排骨食用。中甸食用臘排骨火鍋也因此而來。

美味由惡劣的自然條件所賜，只發生在香格里拉。

攝影：林明毅

攝影：林明毅

見識羅平黃金傳奇

　　位於雲南東部、接近貴州的羅平近年因其「黃色花海」享有盛名。此地的農民有志一同地種油菜花，全縣一口氣種了三十萬畝的油菜花（一畝為一千平方米），成為滇東最亮眼的黃色大地，也打響了羅平油菜花的名聲。這幾年吸引了大批觀光客前來「賞花」，單是二〇〇六年就有一百一十八萬中外觀光客造訪這人口十萬的小城，全年旅遊收入近六億人民幣！

　　看了朋友的一張張照片和口沫橫飛的描述，早就在心裡規劃著一場油菜花之旅。並於二〇〇七年展開嚮往已久的千里長征。

　　羅平位於昆明東方約二百二十公里，先會經過烤鴨著名的宜良，再經過喀斯特地形之最的景點「石林」，然後再蜿蜒盤山前進，當黃色一片一片佔滿視線，就知道愈來愈接近羅平了。

原本綠色大地裡點綴著幾抹黃意，接著黃色逐漸擴張勢力，到了羅平，一望無際的田野只有一種顏色，那就是黃色，這時真得領略到「數大就是美」的威力。正當我被油菜花金黃攻勢全面包圍時，心裡還在納悶：「不可能連高速公路的分隔道也種油菜花吧？」為什麼不呢？分隔道上種的正是金黃色的油菜花。

當油菜花擔綱出任第一主角時，沿路高低錯落的梯田，便成了一道金黃的階梯；從山頂上俯瞰，山谷裡的油菜花田則像大自然的即興創作，在黃與綠之間揮灑構圖，充滿想像力。黃色也可以是最佳配角：與一座炊煙裊裊的安靜村莊，與一堵鐵灰石牆、或一排綠柳、一彎流水，甚或在喀斯特地形的奇岩異石襯托下……，金黃的油菜田都可以輕易融入，成為腦海裡最鮮明的鄉村風景。

繼續旅行

當我們努力累積遊山玩水經歷的同時，也意外嘗試了內地風格互異的各式「旅館」：在昆明市區最熱鬧的金馬碧雞坊旁，住進國外背包客最愛的「駝峰客棧」，這些老外喜歡在露天陽台上拿著一瓶啤酒聊天消磨一個晚上，或在溫暖壁爐的大廳烤火、上網，而我則是在周邊酒吧吵雜聲和卡拉OK伴唱聲中入眠。

另一回是在瀘沽湖畔，在摩梭族朋友格則‧多吉開的客棧，睡在獨一無二的土司床上。木製的土司床比一般床高度略高，睡覺時拉起床沿四周布幔，溫暖空間僅容一人獨享，令人難忘。又一回在麗江近郊的小鎮賞荷，入夜後住進一間一晚二十元人民幣的普間（沒有洗手間），看似許久未曾清潔的床單和被褥讓人輾轉反側，一夜無眠。

不論旅途中是否一夜好夢，我們這對無業夫妻仍會繼續中年旅行和探索雲南，努力遊山玩水當正業。

一間玻璃屋，一個人生夢

　　大理洱海畔，一個毫不起眼的小村落—玉几村，沿著狹窄小巷往洱海邊走去，你將不敢置信眼前所見——在一個看似尋常的海邊村落竟隱身了一棟十足後現代風格的石造建築。

　　這裡人稱「藝術家的玻璃屋」，主人趙青才三十六歲，正是在洱海畔這小村莊土生土長的白族人，既是畫家，也是詩人，如今以南懷瑾為師，潛心學佛。早在二十四歲，趙青就在鄰近島上買地蓋屋，自建了一棟傳統白族風格的院落，而後政府徵收了他的家，只因私人投資興建現今的著名景點「南詔風情島」。當時趙青分文未取補償經費，在兒時成長的玉几村重新設計、興建一棟自己的房子。

　　推開沈船木打造的大門，走進去是一個茂密異常的大花園，桂花、杜鵑、蘭花……各種花卉依時綻放，面海是一座半露天的起居室，偌大的玻璃窗外正是洱海風光，主人細心地在院落裡錯置著佛像、木雕、花卉、燈光、躺椅和一艘沈船，連同一座鋼骨搭起的玻璃觀景橋，整個空間只有「驚艷」二字可以形容。

　　除了建築的線條不規則，趙青也大膽採用鋼骨、石材、玻璃為建材，成為整棟房子的基調，但細部則以質地溫潤的木頭，特別是洱海裡打撈出來的沈船木和精緻工藝的木雕做為裝飾，不失溫暖。難得的是，趙青在設計整個房子時，也將戶外的自然環境悉數保留，包括毗鄰的濃密大樹、海邊的崎嶇石塊都被他巧妙地保存融為房子風景的延伸。

　　如今，趙青在自宅旁興建了一座resort，名為「青廬」，裡面的設計更是精雕細琢，我想，其低調卻奢華的風格早已超越北京、上海、廣州的五星級酒店。在雲南大理，在洱海的小漁村畔，有機緣數度參觀趙青的房子，我只能驚嘆：「人生有夢，必可築夢真實。」

　　哪怕生活在窮山惡水之地，都有可能一圓人生夢。

攝影：林明毅

15

愛上 聽故事

瀘沽湖美如詩，美如畫。但少了格則多吉的故事，瀘沽湖的美就像雜誌上美麗的風景照片般單薄。

　　皮膚黝黑的格則多吉，是我的第一位摩梭族朋友，身材高大的他身邊總圍著個影子——他養的藏獒Sizo。平日騎著摩托車勇闖江湖，看似瀟灑不羈的外表下，卻一搭四輪車就暈就吐。

　　身為土司之後，多吉已習慣用流利的普通話耐心講解族人的風土人情。就在多吉家的阿媽房（即主屋）裡，大夥兒圍在火塘邊，映著熊熊火光，聽著多吉說故事，正如一千零一夜的場景重現。

從貴族之後到黑五類

　　曾經不多久之前，多吉的家族成份絕對是「黑」得發亮，一如他黝黑的皮膚般。不過時間若倒流個幾十年，多吉可是不折不扣的貴族之後：祖母名為格則永瑪，二十一歲時嫁給當時永寧的土司阿雲山。祖母生的幾個兒子也都不一般，多吉的父親迪爾旦史是族人中少數有大學學歷的，舅舅洛桑一史則是在一九三一年被認定是哲蚌寺的轉世活佛。

　　祖母五十幾歲時面臨了文化大革命，儘管身處偏遠如

雲南山區，一家人仍難逃被批鬥的命運。尤其是祖母，當時屢屢有人以她幾個兒子人身安全來威脅，最後甚至謊稱其幼子、也就是活佛已不幸喪生，祖母受不了這個打擊，一天早上趁家人不注意，穿戴整齊，獨自走到瀘沽湖邊，梳好頭髮就慢慢地走向湖中……。

從多吉口中，聽他講述一則則關於家人、關於族人的故事，聽來既像神話，又像當代傳奇。

山巔女兒國

　　摩梭族約有兩、三萬人，世居在瀘沽湖畔的族人則維持在五、六千人左
右。在二十六個少數民族共處的雲南省，印象中，服飾鮮麗的摩梭族人似乎
個個都是俊男美女。男性的傳統服飾是上身著藏袍，一條黑長褲，腰繫彩色
流蘇腰帶，再加上一頂現代感的牛仔帽，跳起舞來，真是帥呆了；女性著長
及腳踝的白色百褶裙，鮮艷亮麗的上衣配上彩色腰帶，最畫龍點睛的還是頭
上的髮辮帽，配上紅花和珠串，行走搖曳之間風情別具。多吉說，在這樣的
帽子裡可能纏著母親、外祖母，甚至好幾代母親所傳下來的頭髮，無疑是母
系社會傳承最具象的寫照。

　　在摩梭「女兒國」裡，最為人津津樂道的就是數千年來男不娶、女不嫁的
阿夏婚習俗：摩梭男女成年（十三歲）之後可參加社交活動，自由結交「阿
夏」（即親密伴侶）。成年的女孩可自由挑選如意郎君，一旦相中了哪一家
的男子，女孩便暗示情郎夜來花樓相會，清晨離去。兩人沒有婚姻關係，不
娶不嫁，也不建立家庭，兩人關係全靠感情維繫。

　　外界對「走婚」經常賦與浪漫的想像，認為摩梭男女可以穿梭不同對象
間「走婚」，多吉卻不以為然：「不論男或女若必須不斷走婚，其實族人是
很同情她（或他）的，因為她（或他）一直無法找到真愛，沒有感情的歸
屬。」

重女輕男

　　有別於漢族幾千年來「重男輕女」的傳統，這裡恰巧相反，女性一定要生
女兒，否則十分丟人，若生的都是男孩，就擔心「絕後」！族人對這樣的母
親多表示「同情」，但也不怪罪母親的肚皮不爭氣，認為這是上天對該家族
的懲罰！

攝影：王惠雅

相對於父母共同扶養子女的既定觀念，摩梭族則是由母親、阿姨和舅舅一起把孩子扶養長大。對於和母親同輩的阿姨，甚至母親的朋友，都可以叫一聲「媽」，並依其特徵區分，如大媽、小媽、胖媽、瘦媽……。

摩梭女性可以說是全世界女權地位最高的。家裡掌權的「一把三」清一色都是女性，多吉家也不例外：「我大姐在十七、八歲時就把母親趕下崗（即失業）了！」在摩梭社會，家裡的女孩從小就被訓練培養霸氣，通常在二十歲之前就可獨當一面，成為「一家之主」，「其實母女之間存在很大矛盾：母親要從女兒中提拔『接班人』，也面臨權力被掠奪的下場。」

家中掌權的女性不僅熟稔家事，還深諳心理學，以團結全家老小一致對外。「若是家中女性沒有矛盾，通常就不會分家，如此一來，人口和財富都可快速累積。」至於男人的角色是「重活、累活全都男人去幹！」例如下田、犁田就是男人的活，播種就是女人的事，數千年來分工嚴峻。多吉揚起眉毛：「每次看電視連續劇，夫妻倆為了家事分工而吵架，強調兩人都有工作，為何你做的少，我做的多，我就覺得很好笑，因為兩性之間誰該做什麼，不該做什麼，幾千年就有了規矩。」

婆媳關係超和諧

沒有《台灣霹靂火》和《龍捲風》的誇張劇情也就罷了，在多吉口中，摩梭族竟然沒有婆媳問題！因為媳婦永遠住在自己的娘家，婆婆與兒媳沒有利害衝突，保持最佳距離，自然可以維持良好的婆媳關係。此外，自己家裡只有母女關係和兄弟姐妹，完全沒有外人，自然容易團結對外。

由於「夫妻」各住在自己的家庭裡，各有生活空間和財產，彼此人格和經濟都很獨立，且所生的子女由姐妹和家族共同扶養，沒有心理和經濟上的壓力。如此一來，兩性關係自然和諧。即便保持單身，或一輩子未生育兒女，仍須扶養照顧自己姐妹所生的小孩，照樣可以扮演父親或母親的角色，人生

攝影：李鵬飛

不致有所缺憾。

在火塘邊，聽著多吉訴說一則則摩梭故事，不由心嚮往之，突發奇想應該號召姐姐妹妹站出來，大家一起搬到這女人的天堂，親身體驗一下「女人當家」的滋味。只是，聽到多吉補充，在這夢幻湖畔平日主食是馬鈴薯和玉米，只有春節前後殺豬時才新鮮豬肉可吃，平時吃的都是醃漬肉，一年適合種植蔬菜只有兩個月，飯桌上很少見到綠色蔬菜……，這令我快速打消「移民女兒國」的念頭，畢竟至高無上的權力也不能當飯吃！

攝影：王惠雅

小李的西藏風雲

只要去大理，一定叨擾小李夫妻倆，跟著他們熟門熟路，體會大理生活滋味。在大理古城做生意的小李來自四川，有台灣朋友說他長得很像演員江宏恩，稱得是帥哥。難得的是，帥哥做得一手好菜，特別是酸菜魚，純熟的刀工將草魚片得極薄，剃掉魚刺，魚肉入口即化，很有一級廚師水平。

我這位四川老鄉唯一的缺點就是愛「吹牛」，特別是談起他去西藏當兵的故事，說得像現代天方夜譚一樣，聽眾個個目瞪口呆，直呼：「別再吹牛啦！」

小李十八歲半自願從軍，而且申請到西藏當兵，一待就是兩年。他所駐紮的營地在中印邊界，距離日喀則還有五百六十公里，「若有人急病必須送醫，很好的車子也得連續開個十二小時才能到。」一般阿兵哥則是搭敞篷卡車，得顛簸又暈又吐三天才抵達！

剛到西藏，一下子上升到四千公尺以上高度，得到高原反應是很正常的事，幾乎人人無一倖免。小李足足頭痛了兩、三天，「前三天幾乎不能動，連走路都走不了。」動輒流鼻血也是常事。

駐紮營地位於海拔近五千公尺的高山上，「印象裡，除了七月之外，其他十一個月都在下雪。」夏天最高溫度是攝氏十度，最冷則是零下二、三十度，「常常把衣服洗好拿出戶外曬一曬就結冰了！」

天寒地凍，睡覺也不是件容易的事，「一般都是蓋上四床被外加上兩件軍大衣」；而且阿兵哥還得相擁而睡，不是感情太好，或是「同志之情」，而是天氣冷到必須「少則兩個人，多則三人抱在一起睡覺。」

西藏天空清澄，夜晚星空自然壯觀，小李說：「一個月總可以看到好幾次流星雨，我許願都許不完！」顧不得我們既驚又羨的眼光，小李就這樣若無其事地說起難得一見的流星雨。既然沒去過西藏，無從評斷故事真假，只好故做不在乎：「夠了！再吹就吹爆了！」

16

慢活　更快活

試想，生活在一個沒有信件、沒有手機簡訊，甚至出門不必帶手錶和行動電話的地方，你肯定會說，那是在度假吧！在峇里島、馬爾地夫或世界某個不知名的角落。

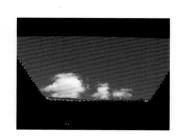

然而，這正是我移居麗江的生活寫照。

如今，初次見面的朋友禮貌遞上名片，「哈，沒有名片。」從我的聲音裡聽得出有點心虛。行動電話？當然有，不過只有接電話和打電話的基本功能，既不能錄音，也不能照相，更不能當MP3聽音樂，還有我很少開機，就算開機，也經常聽不到手機鈴聲。電子信箱？當然有，但不保證每天check mail……。

對照之前台北住家的信箱裡總塞滿了各式各樣的「信件」：信用卡帳單、水電費、電話費、百貨公司週年慶、超市特賣、房地產促銷，在這裡，除了偶爾收到老媽雲遊世界寄來的明信片，突然發現已有好長一段時間不曾收到一封信，我指的是白紙黑字、貼上郵票、蓋上郵戳的信函，彷彿身處世界的盡頭，被眾人遺忘了。

當我有些慶幸不再依賴手機、簡訊、電子郵件來確認自己存在的同時，一切好像科幻電影畫面，「生活」被重新解構，「時間」也被重新定義。

今夕何夕

親友來麗江盤桓數日，最常說的一句話就是：「今天是幾號？禮拜幾啦？」這時，我和另一半就會默契十足地相視而笑。

家裡確實掛著日曆，上面記載著幾月幾日有誰來訪，幾點接機，何時離去，提前幫忙訂機票，還有隨手寫下礦泉水、出租車的電話號碼等等。在這裡，搞不清楚今夕何夕是很正常的。要不是兒子得天天上學，禮拜幾對我們來說並沒有太大意義。

反倒是天候變化成了時光移轉的具體指標：昨天夜裡開始下雨了，今天天

陰陰的，雪山被雲霧圍繞，明天肯定雪山上又積雪了；某日刮起狂風，把曬好的床單吹到隔鄰的菜田上。由此細微的線索，反芻著記憶，思索著是幾月幾日星期幾。

手錶通常也是可有可無的裝飾：因為對照手錶上的時間和眼前的風景，有點難度。夏日時分，晚上八點太陽才西沈，有時吃完晚飯沒多久就要上床睡覺了，真得很不習慣。到了冬天，早晨八點才微微露出曙光，兒子得在闃黑的天光起床去上學，這時就覺得中國全都畫成同一時區，實在沒什麼道理。

這樣沒有手錶，沒有日曆的日子一路走來，我好像變身為阿嘉莎克莉絲汀小說裡的瑪波姑媽——老太太除了兼差當神探破案，生活最大的樂趣就是討論花園裡的花朵盛開的狀況，那位鄰居又養了一隻狗，小賣店又多了什麼，那一家最近出現了陌生面孔等等。和另一半的對話也圍繞著極其瑣碎的生活小事，所幸迄今依然樂此不疲。

意外趕上「慢活」流行

當「慢活」成了主流，成了新興的生活信仰，沒想到這回意外地趕上了流行，成為徹頭徹尾的慢活實踐者。

這裡日夜光影移轉，喚醒小時候在外婆家過暑假的記憶。在高雄鳳山黃埔一村老舊眷舍，夏天好像永無止境，下午我總是窩在外婆鋪著草席的床上看小說，油漆已然剝落的玻璃窗框被風吹得劈啪做響，守宮在屋頂的某個角落發出叫啾啾啾的聲音，外婆在簡陋的小廚房內對著砧板敲敲剁剁，很快天就黑了。這個夜晚如同之前的每個夜晚，和外公外婆守在電視前看新聞、看連續劇、看少棒賽……，一個暑假很快就過去了。

小城生活也是如此，除了接待來訪親友，其他沒有什麼國家大事要處理，頂多陪兩歲多的女兒散步，細數路上看到的玫瑰花、向日葵、大麗花和其他不知名的花朵。陪她看一遍又一遍的《天線寶寶》，或一遍又一遍地唱著

〈王老先生有塊地〉。時光就在光影幻變中快速流轉。

幾乎已想不起來，曾有一段很長很長的時間，早上趕著送孩子到保姆家，塞在車陣中焦慮不已，擔心上班遲到，反覆進出著必須刷識別卡才能進入的公司大門，呆在空調辦公室面對著一封封電子郵件和冗長會議。那時心裡總是「不安於室」：期待著溜班出去喝杯咖啡，期待著六點半和週末的到來……，這樣的日子好像上個世紀的事了。

幸福因地而異

「住在這裡，你不會覺得無聊嗎？」從上海來的朋友很直接了當地問著。

我想，當生活和時間都被重新解構，無聊與否，幸福與否也需要重新定義。通常王子和公主都不會過著幸福快樂的生活，反倒是尋常百姓才有機會在極其瑣碎平凡的柴米油鹽生活中淘撿出閃爍的沙金，體會出幸福的真實顏色。

我想像，找尋幸福像潛水，而且是深海潛水的那種。

在大海裡浮潛時，漂浮於海面的你會為眩麗繽紛的熱帶魚、海底世界的生動色彩而瞠目結舌；但往深海潛去，壓力愈來愈大，光鮮亮麗景色不再，你才會感受到你的心跳、你的感官，和潛藏於闃黑暗流中的幸福。一旦你發現了它，它會像潮流般一波波撞擊在身上，如此真實和直接。

幸福因人而異，也因年齡而異。少不經事，枕著瓊瑤小說做著「豪宅、房車、華服、珠寶、情調」外加白馬王子的幸福夢。從而立到不惑，才會接受幸福的現實版本是：父母沒病沒痛，孩子健康長大，從來不是帥哥的老公依舊甜言蜜語，自己眼角出現了細紋，但還不需要拉皮……。

幸福也因地而異：母親從麗江最北的奉科遊罷歸來，她描述著走在「馬路」（僅有馬能通行的泥巴路），一邊是山壁，一邊是臨著金沙江的懸崖。她很幸運有騾子可騎，只是她的座騎既無鞍又無馬蹬，她只好提心吊膽地緊

緊抓著騾背上的布墊，隨著山勢時而身子前傾，時而後仰以取得平衡……，想像母親在騾子上進退兩難的畫面，我笑得前仰後合。但是當母親描述著當地農村和農民的生活點滴，又笑不出來，搞不清和這些農民相較，自己究竟算幸福？還是不幸福？

記憶幸福的瞬間

什麼是幸福？「滿足了『生活質量、衣食住行、生老病死、安居樂業』這十二個字，老百姓就幸福了。」大官說的話鏗鏘有力。

閒居山城，我另有體悟。當我忠實服膺「無所事事的生活藝術」，隨著生活的空白增加，身體的知覺似乎愈發清楚敏感，彷彿漸生一種超能力──從平淡無奇生活縫隙裡捕捉到微小的幸福。

每天早上起床，另一半為我煮的第一杯咖啡。雖然不是什麼名貴的豆子，只是台北帶回來熟悉的蜜蜂咖啡，杯子也是一般的馬克杯，並非百年名牌的骨瓷咖啡杯，但是坐在床沿，讓濃郁的口感喚醒沈睡一晚的味蕾，深呼吸一口咖啡香氣，看著窗外陽光燦爛，此刻真覺得自己是百分之百的幸福人。

又或者搬來山城不久的一個午后。我們一家四口聚在花園裡，院子裡堆著一棵從山上挖來的蘋果樹，那是另一半掛在嘴邊許久，要在自家種一棵果樹的願望。只見他興致勃勃地拿起鋤頭，選定地點，吆喝著兒子幫忙，父子倆有模有樣地挖起土來。我和女兒戴著寬沿帽坐在樓梯台階上坐壁上觀。午后陽光正好，還有微風輕拂，一隻狗賴皮地倚在腳邊……，對我來說，這幾乎就是幸福的瞬間。

日後，每當我對平凡生活有所不滿，對可預見的未來充滿遲疑，這個畫面又自然而然地浮現──我們一家四口曾擁有一個完美午后。

攝影：王惠雅

17

待客有　道

在台北，我們鮮少邀請親朋好友在家做客，頂多就是下午茶、烤肉或到超市買買外賣食物打發；在麗江，我們則是訪客絡繹不絕，在腦中快速計算一下，一年多下來，足足送往迎來、招待了近百人！

有時我成了旅行社員工，代訂機票車票；有時我是客棧主人，代管住宿提供餐飲並換床單；有時我是地陪，必須全程伴遊解說……。所以，談起待客接客，我可一點不含糊。

全家擠進十三人

對於所有稱職的主人來說，逢年過節接待客人可是不大不小的學問。一年三百六十五天，大概只有這幾天需要扮演主人角色，演技難免生澀。不過，客人上門前整理居家，準備瓜子茶點，客人上門後端茶遞毛巾，用餐飯菜是否合客人胃口，餐桌上談笑風生，不讓客人感到冷落，在在都是考驗。

過去，極少扮演這種花蝴蝶似的女主人角色；如今，移居到一個旅遊城市，造訪的親朋好友絡繹於途，不遠千里登門拜訪，我們也只有硬著頭皮粉墨登場。

有些「來客」真得有DNA關係的至親，如父母、婆婆、叔叔、大姑、妹妹；有些來客則八竿子打不著：如妹妹以前同事的同學，朋友大學的學弟，媽媽的老師的朋友……。雖然如此，對於有同胞不遠千里搭機、轉機來到這高原山城，還是有點感動，畢竟來者是客！

過去大概只有過年時會才出現全家十幾口擠張桌子吃團圓飯的盛況，然而搬到麗江之後，家裡經常有遠近客人上門，少則七、八人，多則十幾個人吃飯，都很稀鬆平常。有時一張桌子擠不下，得開兩張桌子才夠坐。

生活在大城市，原則上「識相」的客人多不會留宿；不過至親好友遠道而來，當然開放自家招待。家裡五個房間，只有一間是客房，另一間書房有張沙發床也勉強可應急，所以當來自台北的老爸老媽，來自新加坡的妹妹和外

甥，從北京來的叔叔，從廣州來的堂姐，鄭州來的大姐姐夫、上海來的朋友夫妻連同小孩……同時來訪，全家上上下下、老老少少一共擠了十三口。

這是我在台北從未想像過的畫面。不過，老媽準備紅燒豬腳 姐姐包餃子，大姑做包子，儼然就是過年般的熱鬧！而且這種過年才有的盛況還不是一天、兩天，而是持續十來天，大夥一塊兒過，夠熱鬧的！

老爺，你們打算待多久？

「七月有三十一天，天天都是我們的伺客天。有十七組人馬聲稱要大駕光臨。……當有六組客人前仆後繼地出現時，我就發現，我有需要在摩蘇蘿和科爾托納之間裝一條輸送帶，好讓麵包和肉可以源源不斷送來。……要多久，我們對客人的態度才會從『真興奮看到你們』，一變為『啊，老爺，你們打算待多久？』」

在義大利托斯卡尼購屋、定居的美國詩人芙蘭西斯‧梅耶思在《托斯卡

《艷陽下》對於待客甘苦有上述傳神的描述。

　　的確，物資供應絕對是首要任務。家裡突然住進十個人，枕頭棉被總不能少吧？迄今陸陸續續買了十二個枕頭，King-size和Queen-size的被子若干，還有多天必備的電熱毯。其他包括衛生紙、洗髮精、沐浴乳、肥皂、飲料、零食、沙拉油、洗碗精等，各種民生必需品都得一次到位。

　　客人還得分親疏遠近各有禮數，至親好友吃住全包，自然不在話下，一般朋友頂多幫忙代訂客棧，但也得事先了解要住古城、還是新城，要住標間（附有衛生間）、還是普間，預算多少，停留時間長短……。有時，也代為安排赴景點交通，如束河古鎮、虎跳峽、中甸、瀘沽湖的交通或介紹餐飲和住宿，頂多再請一頓飯，就功德圓滿。

　　然而真正的超級好朋友到來，也難免傷腦筋，想想有啥好玩，有啥好吃，都得事先思量，好生安排。當死黨兼換帖的好友心欣和少鶯難得來訪，我們則從麗江開車去昆明機場迎接，再一路玩回麗江，來回足足開了一千二百公里，完全是迎接國賓的高規格待遇。

一樣米養百種客

對於旅行的心態,每個人似乎大不相同:有人希望一網打盡,五天四夜
麗江行得把所有行程全玩遍;有些人是自助旅行老手,來去自如,神龍見首
不見尾;有人則是手機電腦不離手,隨時得找地方上網,巴不得變出個「行
動辦公室」打理工作;而面對有些客人錯把我當地陪、當導遊,就不甚有趣
了。

曾經有個十二人團浩浩蕩蕩蒞臨,成員複雜:有老媽,老媽的朋友,有妹
妹未來的婆婆,有知名書法老師及女友,還有其學生和朋友……完全不認識
的路人甲乙丙丁,但是心想是老媽帶隊的,自然義不容辭「概括承受」。

一個旅行團的待辦事項肯定不少:我得提前代訂昆明─麗江機票、麗江─
深圳機票,因為從大陸代訂內地機票經常有折扣,比起台北旅行社代訂的全
價票,自然可以省點錢。我得抄寫十二個人的中英文姓名、台胞證號碼,並
代墊費用給旅行社,一切都是義工服務。

當然,十二人團也無法住到自家,必須找尋合適的客棧。為此,在古城逛
了十幾家客棧,才挑選了一家可眺望古城、全新裝修、且收費還算合理的客
棧。後來,有人嫌房間不好,或旺季房費調漲不合理,只因他們不了解旅遊
城市客棧收費浮動調整,淡季四、五十元一間房,到了「五一」、「十一」
黃金週或寒暑假,房費可漲到二百多元。

大陸銀行匯錢也是狀況百出,有人託朋友從其他省份匯錢,匯了一個禮
拜都沒收到,而我得上下午各到銀行查看匯款是否匯到了。有人要去香格里
拉玩,代訂了兩台四輪傳動吉普車,臨行前一晚,問我是否可以取消,改訂
一台大車。這時,只能苦笑,因為貴客不了解包車司機是從香格里拉開車來
麗江接人,司機都已經把車開到麗江,準備第二天一早接人了,這時說要取
消,實在開不了口。

臨行時,有些客人連一句「謝謝」也捨不得說;有些人則不忘來個超大擁

抱，讓我偷偷拭淚；有人回到家後會傳來簡訊報平安，有人捎來小包裹，裝著自家城市的土特產，讓人備感貼心。

看著人來人往，還是英國作家彼得梅爾有著切身經驗：「只要有客來訪，即使是最迷人、最規矩的客人都會讓你破費。個別來算呢，不會是個大數目，但整體合計，就足以構成我們每年最大的一筆花費。這其中還有一項隱藏性成本，是無法計算的，那就是精疲力竭。」

看來，聽到敲門聲就膽戰心驚的還不只我一人。

住在麗江

　　遊麗江可以極度奢華，也可以極度簡樸。光是「住」這一項，就是大宴小酌豐儉各自隨意。

　　最頂級的當屬「悅榕庄」（Banyantree），開幕之初曾被媒體譽為「中國最貴的度假酒店」，最大賣點便是每棟獨棟別墅從床上就可以欣賞玉龍雪山的無敵景致，據說房價從每晚七百美金到二千八百美金，目前台灣旅行社有提供麗江悅榕庄加上中甸仁安悅榕庄的機加酒行程。

　　這裡有數百美金的豪華Villa，也有背包客最愛的青年旅館，一張床連同公用衛浴，每晚約五～十塊美金，是外國旅遊書上的推薦的便宜住宿。

　　古城內有大大小小客棧至少百餘家。團客多住個兩、三天即離開，但內地有很多人來此旅行，都住上十天半個月，許多客棧都可「包月」。古城客棧約可分成四種：一為經濟型，每晚約二十～三十元一床，設備簡陋，多為公共衛浴。二為普通型，每晚約五十～八十元，有標準間（即個人衛浴）。三為中上型，每晚約二百～三百元，多為全新裝修或座落地點佳的客棧。四為豪華型，每晚四百元以上，裝修精美，和三、四星級酒店相較，毫不遜色。

攝影：任穎珍

攝影：任穎珍

18
古城　尋屋記

自從新屋裝修告一段落後，老公就將全部心思放在古城，一心一意想在古城尋一處落腳之地。

尋屋的過程也如古城巷弄般的迂迴曲折。

古城各處經常貼滿「旺舖轉讓」、「客棧轉讓」、「庭院出租」的小紙條，打了電話就可直接去看屋。另一種途徑是找仲介；這裡的仲介收費不在於買賣談成後的仲介費，而收的是「看屋費」，一次帶看幾戶，索價若干。

看屋的過程中，有的院子荒蕪多時，想到重新整修必須投入大筆經費就令人卻步；有的院子房間太多，適合開客棧，不適合小家庭需求；有的院子經大刀闊斧重建，現代化水泥磚牆、有色玻璃窗，少了傳統民居的懷舊味道……尋尋覓覓，總看不到合意的院子。

登堂入室

老公不氣餒，不時到古城轉悠，看到還不錯的院子，索性直接敲門登堂入室。如今覓得的院子位於古城普賢寺旁，當初正是老公立在牆外，被伸出牆外的蘋果樹枝椏吸引，厚著臉皮直接敲門，屋主和氣地開了大門，讓我們入內參觀。

第一眼看到這院子就覺得很舒服：院外的圍牆全是採用當地的土牆，經過時間的洗禮，白牆自然斑駁脫落，別有蒼涼美感。推開朱漆斑駁的木門，視線所及只見一個初春時節的庭院，錯落幾株枝幹舒展的樹木，樹下的虎頭蘭開得異常燦爛，新綠小草為地磚鑲上綠色邊框，整個院子散發出馥郁的草木氣息。

屋主和先生及和阿姨（納西族裡「和」是大姓，夫妻都姓「和」是很常見的事）是典型的「綠拇指」（Green Thumb），對植物很有一套。院子裡共種了四棵蘋果樹（三棵紅富士和一棵金帥）、一棵櫻桃樹、李子樹、石榴、玉蘭花、燈籠花、葡萄藤。除了冬天，其他時節幾乎都有果子可隨時摘探。

　　這個院子既非納西典型的「三房一照壁」或「四合五天井」，而是坐北朝南的一排兩層樓的木楞房，房子並不老，重建於一九九六年麗江七級大震之前，當古城三分之一的民宅倒塌時，這院子倒結實地未掉一磚一木。院子的主屋僅有一棟，上下各三個房間，不大不小，正符合我們的需求。此後，我們數度不請自來，跟和阿姨「磨」了好幾個月，終於同意將房子租給我們。我們在古城終於有了自己的院子，我把這小院名爲「我院」。

裝修又花了三個月

　　居住古城固然情調十足，但也有不可抗拒的缺陷：這裡民居大多沒有衛生間，多數利用各處設置的公共廁所如廁（觀光客使用一次五毛，當地店家爲一毛，居民則五分）。此外，古城民居和客棧房間空間都很小，無論普間還是標間，放了一張床和衣櫃就僅容轉身而已；且木楞屋隔音效果差，樓上有人來回踱步，樓下就別睡了，居住和睡眠品質都很不理想。

　　承租下「我院」後，把此地當成麗江的第二個家，一切以自家人住得舒服爲原則，當然要一舉改掉古城居住缺陷。二〇〇六年七月下旬，房東一家人搬離院子後，開始進行最痛苦的裝修過程，原本只是想興建附有馬桶的浴室而已，結果大興土木，耗時近三個月蓋了一棟樓地板面積約三十平米的兩層樓木屋。衛浴、廚房和書房一次到位。

　　對於古城店舖、客棧和民居的裝修，古城管理委員會也有嚴格規定：因爲世界文化遺產公約強調，所有建築必須眞實可靠，修復傳統建築必須使用傳統建築材料和技術，不能把舊建築全部拆掉，再依舊建築的形式蓋新的，否則就會危及麗江世界文化遺產地位。因此，不論室內或室外的裝修，凡有更動必須向古城管理委員會提出申請，同時外部造型和結構都必須採用土石牆、迭落式屋頂、小青瓦和木構架等納西民居特色的建築手法。

　　所以，房東便向古城管理委員會提出改建申請，繳交押金，施工過程中，

管委會也派員三不五時前來查看進度。

手工打造我院

　　手工量身訂做的家具，對生活在台灣的人來說，簡直是有錢人的「特權」，成本難以想像。然而生活在麗江，卻意外發現，可以有機會擁有獨一無二的手工家具，價格甚至比工廠大量生產的家具還要便宜。

　　正為「我院」家具傷腦筋的同時，朋友介紹了來自九河的楊師為我們製作手工家具。楊師的顧客要求大不相同：來自紐約、如今定居古城的Tony訂了一張歐風書桌，看似五斗櫃，打開蓋即成書桌；在古城開茶行的永強陸續訂了泡茶大桌、椅子、羅漢床、書櫃和圍棋桌……。

　　「只要是木頭做的，我都做得出來。」初見時，我對楊師的口氣不免半信半疑。外國朋友請託他做皮面的木鼓，只給了他一張製鼓教學VCD，楊師就按圖索驥做成了，令人難以想像。後來我們在設計雜誌上找的家具樣本，楊師都可以做得八九不離十。結果兩張仿古木床、兩個床頭櫃、明式書桌、椅子、大茶几和全套餐桌椅，還不到台北文昌街家具店一張好沙發的價格！

臥擁古城美景

　　房東和先生對於我們裝修過程均未置一詞，唯一的例外是當他看見二樓臥室整修後的狀況，他終於開口了：「小心，冬天會很冷！」

　　房東所言不差。我們把二樓三個房間打通為一間房，足足有五十平米（約十五坪）大小，說是古城「空間最奢侈的房間」絕不為過。另一半開玩笑：「比木老爺（曾統治麗江古城數百年的土司）的臥室還大！」

　　空間固然奢侈，不過冬天睡在臥房確實涼意逼人。為此，老公發揮雙子座精神——研究各種暖氣設備，包括市面販售的暖風扇、分離式空調、或本

地人愛用燒炭烤火火盆，最後選定中甸朋友推薦的復古火爐，裡面燒的是煤球，還有個煙囪將廢氣排到室外。

如今「我院」只能稱得上粗具規模，未來希望能將在此生活的痕跡與親友旅行的記憶融入，成為「我院」獨一無二的情感裝飾，也讓遠來的朋友有機會短暫停留體會。

當我躺在二樓主臥的床上，窗外文筆峰一覽無遺，還有院子裡枝椏上高掛的蘋果。書房望出去，則是一片古城民居綿延迭落的青瓦屋頂，還有古城地標萬古樓的夜景。來訪的朋友均稱此地「風水好」，風水如何我不懂，只覺尋常院落隱藏如此景致，自己何等幸運。

我院
E-Mail：myvilla_lijiang@hotmail.
　　　com

古城愛恨情結

對我來說，古城彷若一個大型主題樂園，在新城待得氣悶，就往古城轉
轉，每回進城還是像觀光客般充滿新鮮感，反倒一直保有若即若離的美感。
不過，對於在此生活或做生意的人來說，對古城可是「又愛又恨」。

古城變了

凡聽說我是二○○五年五月初訪麗江，這裡的朋友通常都會有相同的反
應：「唉！你沒看過以前的古城。」言下之意，頗有今非昔比的慨嘆。

從小在這裡長大的東巴也說：「若有人十年前離開這裡，十年後再回到麗
江，肯定完全不認得了！」他回憶：「小時候經常看到外國遊客，一般漢族
觀光客反倒比外星人還稀奇。」

如今古城過度商業化，商品大同小異，缺乏個性化商店和主人，這一點就
比不上大理古城。小方的評語是：「古城快成為披肩批發市場了！」隨處可
見的披肩店，彼此低價競爭，一條披肩即便只有一塊錢的利潤，商家也願意
賣！卻不見有人願意花時間、花心思開發屬於自己風格的商品。

另一個憂心的現象就是「個性、手工、原創的商家快要沒有生存空間。」
以東巴從事的原創手工木雕，卻發現經常被抄襲「拷貝」，其他木雕店在門
口偷偷拍照後，就將圖案發給木工大量生產。結果原創作品可能標價三、
五百元，仿冒品只要一百出頭就可成交。就像唱片一樣，盜版遠比正版來得
暢銷。

古城瘋了？

「古城瘋了！」原本在古城經營客棧的常劍，日前重回古城另覓客棧發
展，看了許多院子後，對古城房價有這樣的感想。

古城裡的房租貴得驚人，地震前後判若兩人，這兩年更被有心人士炒作，

足足翻了好幾倍。少數特色書店或低利潤工藝品店、當地居民日用生活所需的雜貨舖都受不了高房租,而被迫離開古城。

以東巴的店租為例,二○○○年一個月五百元,二○○六年漲到一月三千五百元!房東多半高姿態,要就要,不要就拉倒,另有人急著承租呢。不過,東巴還能和房東簽約到二○○八年,其他很多后家都是一年一約,或房東要求一次付清五年或十年的店租!小方感嘆,這就像台灣最早因田地致富的暴發戶一樣,只要在古城有房子可出租,就像抱了金雞母,下半輩子吃穿不愁。

除了房租,古城的店店舖和客棧另有「轉讓費」,完全視地段熱鬧與否決定。有些人靠著租屋,再以高額轉讓費轉手出去,轉手間就獲利數萬到數十萬元。

當「古城變了」或「古城瘋了」的慨嘆愈來愈多,東巴則較正面地看待古城的快速觀光化:「對當地居民來說,最明顯可見的變化,就是大家的物質條件都變好了。年輕人不論背景,都有機會學到一技之長。」從小到大說的都是納西話,二十幾歲在古城從事木雕創作後才開始學普通話,東巴慢條斯理地說:「對世居古城的納西人來說,就像開了一扇窗,他們沒有走出世界,世界卻走到他們眼前來了。」

當然,我無緣見識十年前的質樸古城,如今我只能以過客,而非歸人的眼睛審視這看似繁華又隱約透露衰敗氣味的小城:我看到了在小河溝旁洗衣的婦人,四方街上烤著太陽閒聊的老人,穿著開襠褲在五花石板路上搖搖學步的孩子,或不甘寂寞從某個院子伸出燦爛枝椏的櫻花⋯⋯,這依舊是座活著的古城,只是住的人不再相同。

〈面朝大海　春暖花開〉

從明天起，做一個幸福的人

餵馬，劈柴，周遊世界

從明天起，關心糧食和蔬菜

我有一所房子，面朝大海，春暖花開

從明天起，和每一個親人通信

告訴他們我的幸福

那幸福的閃電告訴我的

我將告訴每一個人

給每一條河每一座山取一個溫暖的名字

陌生人，我也爲你祝福

願你有一個燦爛的前程

願你有情人終成眷屬

願你在塵世獲得幸福

我只願面朝大海，春暖花開

故事未　完：
面朝雪山春暖花　開

古城國際青年旅館裡隱藏了一個小小的書店兼咖啡店「海子書館」，那是我的秘密花園。一杯好喝、夠水準的雲南小豆咖啡，只要人民幣八元。我喜歡一個人，或一家人，到這裡來消磨一個下午。

就是在這裡的一堵牆上，看到了這首詩，也頭回聽聞詩人的名字「海子」。原來店主人正因喜愛海子的詩，而以店名向詩人致敬。

　　這首簡單的詩立刻感動了我。彷彿找到了知己，已故的詩人竟然能夠用最淺顯的文字，描述出我當下的心情，和生活在麗江的真實寫照。

　　是的，生活可以是拯救世界，可以存款簿上數字三級跳，生活也可以只是餵馬劈柴養孩子；我們可以把信義計畫區裡天文數字的頂級豪宅列為人生目標，也可以尋覓一所房子，面朝雪山，春暖花開。

　　移民到麗江，是記載我們一家四口獨特的旅程故事。只是沒有想到，詩人海子早已預言。

　　謹將這本書和這首短詩，獻給關心我們的家人和朋友，特別是我的「婆婆媽媽」——夏遂之和黃宜儀兩位特別的女性，還有我的老爸甯發鼎先生，沒有他們全心全意的支持與包容，我們這個平凡家庭的中年冒險故事不會成真，也不會有這本書的出版。

　　註1：詩人海子，原名查海生，（一九六四～一九八九），出版長詩《土地》和短詩選集《海子、駱一禾作品集》，和《海子的詩》（人民文學出版社）。這位對我來說極度陌生的詩人，後來發現，他在身故之後成了房地產廣告的新寵，許多大陸的房地產廣告、尤其是水景樓盤都愛引用海子《面朝大海春暖花開》這首詩。

　　註2：視為個人秘密花園的海子書館在二〇〇六年十月因故異手經營，成為又一個從麗江古城消失的個性小店。可惜。

來麗江一定要做的　十件事

也許是職業病使然,從事雜誌編輯工作久了,少不了「前往某地一定要做的N件事」,彷彿提供這樣的指南,讀者心裡也踏實了。來麗江長住後,前後接待不少親朋好友,難免諮詢到麗江該做些什麼,慢慢醞釀出這樣一張排行榜。

1.天空之城深呼吸

　　從青藏高原往南延伸，就到了雲南，在這個地勢北高南低的高原山區省份，南北高低差距有六千多公尺。其中，麗江古城海拔二千五百公尺，香格里拉海拔三千三百公尺，省會昆明則只有一千八百公尺。在我眼中，這些不僅是山城，而是飄浮在雲端的天空之城，在這裡天空湛藍，愈往高處，這樣的藍更為純粹無瑕；這裡的夜空星星很多，彷彿伸手可及。

　　在天空之城，最大的享受是清新的空氣，無論是清晨或是黑夜，空氣都是冷冽清爽，讓人想一而再再而三的深呼吸。

2.古城散步

　　大陸一本製作頗為認真的《新周刊》二〇〇六年七月推出了一個「二〇〇六宜遊城市排行榜」專題：香港名列第一，北京居次，我居住了大半輩子的台北排行第三（可能是內地觀光客對台北充滿好奇與想像），而如今旅居的小城麗江竟擠進第四名。報導說，麗江是少數可以同時體驗「小資、慢生活和體驗經濟」三大關鍵詞於一地的城市。

　　每個禮拜總要到古城轉悠轉悠，散步在馬幫曾經穿越不息的五花石步道上，坐在小橋

流水旁看遊人如織，或逛逛市場，看看小販竹簍裡肥美的松茸和雞樅蕈。對我而言，麗江古城就好像是一座超大的「主題樂園」，由背著背兜的納西老婦人背影、隨處可見納西象形文字的門聯、如迷宮穿梭的小巷、花木扶疏的大小院落、三百多道石橋木板橋、一串串大紅燈籠和掩映閃爍燈光所組成，每回都有新的驚喜。

3.烤太陽

　　雲南的太陽享有盛名。在古城石橋上，在流水旁的咖啡座，或是客棧的一張搖椅，都是烤太陽的好地方。

　　初來乍到，都會訝異於納西人的膚色黝黑，男女老少皆然，原以為是原主民天生如此，後來才發現原來是高原地區紫外線太強，太陽曬太多了，自然白不起來。

　　若在街頭看到穿背心、短褲，甚至打赤膊騎自行車閒逛的外國人，肯定都是剛下飛機的觀光客，反觀本地人肯定是長袖、長褲，包得嚴實，只因太陽太烈，消受不起。烤太陽固然悠閒愜意，愈是高原，紫外線愈強，特別要注意防曬，否則輕則曬黑，重則曬傷，可不是開玩笑的。所以防曬的帽子、太陽眼鏡、長袖襯衫和防曬油一樣都不能少。

4. 一身民俗風，在四方街
打跳

　　來到雲南肯定會為這裡少數民族服飾所吸引：納西女性的披星戴月、白族女性白色衫褲上繡滿花朵、摩梭男子的五彩腰帶、小涼山彝族女性的巨大寬邊黑帽，還有無一例外女性穿著或純白或多彩的百褶裙，令人眼花撩亂。

　　別管時尚如何預言下一季的流行，來麗江務必嘗試「民俗風」：一襲披肩、一條苗族百褶裙、一頂馬幫的皮草帽或是背個波希米亞風的大布袋，就彷彿融入了古城的風景中。曾經看過不少都會女性，戴著一條誇張的古銀項鍊，穿著鑲嵌亮片的長裙，再汲著一雙手工納西布鞋，帥性又「洋氣」（也就是我們說的時髦）。當然，一身民俗風妝扮怎能不在四方街翩然起舞。有人說，少數民族說話就是唱歌，走路就是跳舞。每天晨昏在四方街都可見到他們隨著音樂載歌載舞，觀光客也可以隨時加入，跟著節奏起舞「打跳」。

5. 米綫、粑粑、餌塊一把抓

　　麗江的「三疊水」宴或大理白族的「三道茶」，都是極講究的觀光客大菜。但是雲南小吃豐富多樣，尤其是日常生活裡的米綫、粑粑和餌塊，俗擱大碗，務必一試。

6. 清溪水庫觀雪山倒影

　　喜歡拍照的人都不會錯過玉龍雪山，更不會錯過在知名的黑龍潭公園拍下雪山倒影。只是黑龍潭公園門票一人六十元，想要拍照或觀賞雪山倒影，位於北郊的清溪水庫也是不錯的選擇。這裡是古城裡小橋流水的水源，頗有台北大湖公園的影子，只是水面上浮現的依然是這裡的精神地標—玉龍雪山。春夏開始，就有不少人到此散步，甚至還有人衣服一脫，就跳進水庫裡游泳，儘管是夏天，水溫還是冷得很呢！此外，若是看到帶著洗髮水、肥皂、毛巾到此更衣洗澡的本地人，也不要嚇一跳，更別行注目禮，因為這絕不是新鮮事。

攝影：林明毅

7.騎單車閒逛

　　古城是完全步行的城市，所以即便自行車進了古城，也只能推的走；不過麗江地方小，騎單車閒逛反倒成了最佳交通工具，例如鄰近的束河古鎮、白沙古鎮，都是近距離騎車半小時可達。

　　束河古鎮比麗江古城更為古老，約有千年歷史，和商業化的麗江古城相較來得更靜謐古樸。只是束河古鎮得往裡走，外圍是新開發的仿古建築，很有「中影文化城」的味道，往裡走才能到達真正的古鎮之處。特別是大石橋「青龍橋」有四百多年的歷史，昔日也是茶馬古道必經要道，今日則成為婚紗攝影的最愛，經常可見白紗新娘在此擺pose，這裡也是張藝謀導演《千里走單騎》長街宴取景之處。

8.體驗納西人家「殺年豬」

每逢歲末，納西人家總要「殺年豬」宴客。殺一頭或兩頭不等，完全看當年的收成，「若是不殺豬，親朋好友會覺得你不會持家！」殺年豬並不是因為平時少吃肉，而是冬日農閒，且天氣冷殺豬容易保存，未來一年都可以慢慢食用：豬血加上糯米做成「米灌腸」是有名的納西小吃，必須趁新鮮吃掉；豬頭去骨後曬乾掛起，大年三十才全家分食；豬尾巴和脊椎骨這一段是留給父母或尊敬長輩；其他依不同部位用鹽醃漬成為豬臕肉、臘排骨或火腿，都美味不已。

若有機會獲邀前去納西友人家做客，送些煙酒飲料做為伴手禮即可。

9.欣賞《印象麗江—雪山篇》

由「孔雀公主」楊麗萍編導演出的大型原生態歌舞《雲南印象》在海內外享有盛名；麗江也不落人後，由張藝謀掛名執導的《印象麗江—雪山篇》實景舞台劇也於二〇〇六年推出。以玉龍雪山為背景，在海拔三千一百公尺的高度下實景演出，動員了五百多位少數民族非專業演員和一百匹悍馬演出，一年三百六十五天天天上演，確實讓人印象深刻。票價：一百九十元（進入雪山尚須交入山費八十元和古城維護費四十元）

10.體會無所事事真滋味

我一向強烈推薦朋友到了麗江，不妨留個一天、半天啥事也不幹，就發呆唄！也許終於有機會可以讀完背包裡那本厚如磚頭的小說，或是抬頭欣賞天空白雲施展幻術，或身著傳統服飾的納西姑娘的回眸一笑……，放慢腳步，體會無所事事的真滋味，讓待在古城的日子保有更多想像和韻味。

麗江　買物通

向來秉持「我買固我在」的精神，凡出國旅遊「血拼」從不手軟，朋友笑稱「Shopping Queen」。正如我赴麗江購屋的旅程，光是搭機回台的當天，就買了幾本麗江的書、幾件民俗風衣服、香精油、人造花和雲南小豆咖啡……「敗家指數」有多高，不言可喻。

所以，在麗江購物，自稱權威人士，應當之無愧。

雲南最有名的土特產不外乎普洱茶、宣威火腿、雲南白藥、珠寶玉石、工藝品和雲南小豆咖啡等，這些在土特產店和機場都買得到。麗江古城管理嚴格，要求只能經營與「民俗」相關工藝品，如東巴文化藝術工藝品（東巴紙、書法、繪畫、雕塑、木雕）、和各種扎染、刺繡和編織工藝品、民間紡織、皮毛皮革、銅器、銀飾、茶葉等。

根據多次購物成功和失敗的經驗，下面推薦個人認為別具特色的麗江紀念品。

麗江書

最實用也最耐看的旅遊紀念品，我以為就是書了。一本麗江的攝影集，就可以把美麗的風光都帶回家，回味再三。

關於麗江的旅遊書很多，其中賣得最紅火的當屬《麗江的柔軟時光》（出版，台灣三采亦出版了繁體中文版），古城東大街或新城民主路上的新華書店都買得到。此外，編排活潑的《活色生香彩雲南》（廣西人民出版社）、《雲南傳家寶》（廣西人民出版社）、《我的小鎮我的窩》和《云南牛皮書》（上海社會科學院出版社）也不錯。

想從不同視野看待麗江，不妨細讀英國人詹姆斯‧希爾頓所寫的《消失的地平線》（上海社會科學院出版社）和彼得顧拉特的《被遺忘的王國》。

東巴紙、麗江照相本、筆記本

東巴紙是麗江獨有的特產，包括以東巴紙製成的日曆、筆記本、空白名片、海報，都是質地特別且很實用的旅遊小物。東巴紙是以麗江蕘花製作，這種植物生長在海拔二千六百～三千五百公尺的山上，只有本地才有。以東巴紙書寫的「東巴經」歷經歲月洗禮，卻絲毫不褪色，可說是少見的造紙技術。相關產品都可以請東巴紙坊裡的工作人員為你書寫東巴文字，或蓋上東巴文字的印章做為紀念。

東巴紙坊
地址：古城科貢坊
電話：888-5112218

麗江銀

來回麗江不少趟,買過不少土特產,離開台灣時大多送人了,最珍視的還是麗江買的銀手鐲。這裡常見納西婦女不分老少,腕上大都掛著一只光面純銀手鐲,上面沒有任何紋飾,而且二十四小時戴在手上,從不脫下。

熟識的銀飾店老闆說,銀飾是少數民族的最愛,這裡納西族和白族婦人也少不了銀飾妝扮。除了過去象徵純潔無瑕的訂情物之外,銀飾還可辟邪穢、驅鬼域、保平安和光明的象徵。此外,純銀色澤的變化可反映身體的健康狀況,「若身體狀況不佳,戴銀手鐲後皮膚會變色,代表排毒。」

古城到處可見銀器銀飾店,九成都是麗江鄰近鶴慶工匠所開,且大多掛著「百歲」招牌,那只代表其打銀工藝祖傳多代超過百年之意。麗江銀飾品質和價格差距很大,若由導遊帶隊去某銀器店購買,九二五比例的銀

飾一克就要十幾元(包括給導遊的佣金);但一般公道店家九九九純銀每克約六元上下(依銀價變動而定)。

儘管大多數店家都標明「假一賠十」,但一般消費者以肉眼難以辨識何者為純銀,所以除了在購買時問清楚到底是九九九純銀還是九二五銀,其間價格差異就很大;然後可要求以最土、也是最有效的方法來檢驗是否為純銀,那就是用火燒,純銀燃燒會出現雪花白般的火花。

百歲老字號
地址:麗江古城東大街
電話:888-5112736

麗江衣

經由本人非科學肉眼觀察,百分之七十五來麗江遊玩的觀光客幾乎都會購買相同的東西——那就是披肩。

不論冬夏晝夜晴雨,古城裡都可以看到披著披肩的女性身影。這種披肩狂賣得紅火,得歸功於雲南的天氣,「雲南十八怪」俗諺裡有一怪正是「四季衣裳同穿戴」,因為這裡氣候多變,年均溫都在十五度上下,但日夜溫差大,有時下場雨氣溫就可降個幾度,所以路上行人長短袖、厚的、薄的穿什麼都有。此時,隨身帶著披肩準沒錯,冷時禦寒,熱時防曬。

條紋幾何圖案或有東巴文字的納西土布,可做圍巾、方巾、桌布、床罩,自然是最佳旅遊紀念品。在東大街上的茶衣店有質感和設計俱佳的披肩、桌墊、布花等相關布織品,但價位也算中高檔;四方街轉五一街也有家土布店,以納西手工土布製品為主,質量不錯,老闆不講價。

茶衣店

地址：東大街上無門牌（中國銀行斜對面）

電話：888-5124043

巴拉（納西語，服裝之意）納西土布店

地址：五一街四方街153號

電話：888-5185457

　　古城裡也有不少民族風服飾，例如少數民族的百褶裙就是國外觀光客的最愛，特別是緊身牛仔褲外套著一條迷你百摺裙，別具街頭時尚感。曾在台北永康街看過一條苗繡百褶裙，一條要四千新台幣，這裡視舊品或仿舊和繡工不同，一條百褶裙從人民幣一百元起跳。另也有扎染衣裙圍巾，似乎成了古城的「制服」，其實幾乎都是從大理進貨。

　　若想試試舒服好穿的傳統布鞋，忠義市場有店家可訂做。師傅姚吉是道地的納西族，他說，本地婦女傳統就是穿這樣的布鞋。每回穿布鞋出門，

遇到納西老太太都會不約而同說：「好看」，讓我不知自己究竟是土氣？還是洋氣？

納西土布鞋

地址：麗江古城光義街忠義巷109號

電話：888-5187031

　　另外也有好看又實用的室內拖鞋，可以到小四方街的「永勝之窗」去尋寶。「永勝之窗」是麗江市永勝縣當地農民利用農閒之餘製作的手工藝品，全為農民自行設計花樣，百分

百純手工。所有產品價格由製作者自行訂價，直接回饋給製作農民。不過截稿之前再訪「永勝之窗」，發現店裡的商品變了，古城常見的民俗風首飾、服飾占了大部分，農民手工藝品愈來愈少，售貨服務員說：「沒辦法，還是得賺錢。」古城快速變化，從這個小店見微知著。

永勝之窗

地址：古城新義街積善巷19號

電話：888-5120298

東巴木雕

　　早期麗江觀光尚未起步，從事木雕工藝的人很少；一九九七年獲得世界文化遺產之後，觀光客激增，從事木雕的人也愈來愈多，木雕不再是藝術品而淪為削價競爭的工藝品，不少低劣產品充斥，使得真正木雕創作者愈少，和東巴是其中之一。

　　東巴回憶，早些年前有些喜歡美術、畫畫的人無師自通開始從事木雕，並嘗試把東巴象形文字刻在木頭上，之後陸續收徒傳授木雕技藝。目前外來人也拿起雕刻刀從事所謂的東巴木雕，本身在學習東巴文的他直言不諱：「有八成都是鬼畫符」。

　　「其實古城裡多數具象或有圖騰的木雕，都不屬於納西文化。」自創構圖、又不喜重覆創作，東巴的木雕面具極有特色，「主要想體現東巴教中某種神祇的面貌」，根據所習經文中所描述神的眼睛、嘴巴或其他特徵，經由想像，變成一個個原始又質樸的木雕面具。

和東巴木雕
地址：古城新華街雙石段23號
電話：13988871016

麗江皮包

　　古城規定城內必須販售民俗相關製品，大大小小皮革製品產店也很多。比地昔日為茶馬古道重鎮，包括馬匹的皮套、繮繩、鞭子、馬鞍、轡頭，馬幫成員日常所穿的皮幃、皮衣、皮背心、皮靴等，都是生活必需用品，也造就了皮革業十分發達。

　　屬於公營單位的「玉龍皮業」，古城、新城均有連鎖店，內有皮鞋、皮包和皮衣等，樣式品味較貼近本地人需求。位於七一街的「昕皮匠」作品全採用牛皮真皮製作，有別於古城許多人造皮製品，設計上也兼具實用和時尚感，價格也相對公道。

昕皮匠
地址：古城七一街24號
電話：888-5115117

特色影音產品

　　我最喜歡送朋友的麗江紀念品就是電影《千里走單騎》DVD。導演張藝謀和日本影星高倉健攜手演繹的父子情固然令人動容，而戲中滿溢的雲南風光更為影片加分不少。例如戲中美麗的風景幾乎就是生活裡觸目可及的景色，如古城的大石橋、束河古鎮青龍橋長街宴，往瀘沽湖的「麗寧十八彎」……，同時戲中非專業演員將此地純樸民情表露無遺。

　　除了影象之外，也可以把雲南獨有的聲音帶回家：少數民族使用民間樂器的音樂CD便可延續旅行美好的記憶，例如巴烏或葫蘆絲的演奏集（雲南特有的民間樂器還有吐良、木鼓、竹琴、波拔等）。在古城經常可以聽到真人演奏葫蘆絲或播放CD樂聲，大多是葫蘆絲的經典曲目〈月下的鳳尾竹〉（就像學鋼琴一定要學〈給愛麗絲〉一樣），其中又以哏德全演奏專輯最受歡迎。

　　若想嘗試真正納西樂風，肖煜光、和文軍和新興的「三江組合」都是最受當地人喜愛的本地歌手，「納西人家幾乎家家都有肖煜光或和文軍的碟子」，唱片行老闆如是介紹。若有興趣可選擇肖煜光的《納西淨地》、和文軍的《樂土家園》或三江組合《遺失的聲音》。

玉雪民族音像店
地址：麗江大酒店（肯德基旁）

麗江喫茶趣

麗江並不產茶，然因昔日為茶馬古道重鎮，再加上觀光發展紅火，所以古城內外茶行遍布，高中低檔不同消費層次和口味一應俱全：如本地人日常飲用的蒸酶　綠茶），一市斤十五元左右；旅遊者選用經濟划算的滇紅、白雪毫（解煙解酒之效），還有市場上最「紅火」、價格差異也最大的雲南普洱茶。

常到古城的群品茗茶喝茶聊天，年輕的老闆林永強來自福建，閩南口音格外親切，老闆娘則是四川姑娘李嘉，不但泡得一手好茶，也說得一口好茶。李嘉表示，過去多數老茶都不在雲南境內，而運至香港、東南亞和台灣，因為早期國內認為老茶是滇藏人士飲用的磚茶。而台灣消費者對普洱的口感也被先主為主觀念所誤導，以為潮濕的倉儲味就是陳香。

聞起來有霉味的茶餅多半是儲存過程不佳，採用高發酵手段。「發霉不等於發酵」，李嘉強調，時間愈長的普洱茶原料佳加上適當的儲存，條索便清晰明亮，泡出來的湯色呈明亮琥珀色，絕不會黑如墨汁或醬油。

市場上看到「雲南七子餅」，不是品牌，而是一桶七個茶餅、每個茶餅三百五十七克的包裝規格，所以任何廠家都可掛上七子餅。普洱茶分生、熟茶兩類：前者為自然發酵，後者是人工窩堆發酵。一般消費者常用的是熟茶，生茶則是市場上新興收藏品。常見普洱包裝上會標明四位數阿拉伯數字，例如「七五八一」的「七五」代表一九七五年研發成功的人工窩堆發酵技術，所以任何年代只要採取該項技術生產，即可標上「七五」；「八」代表八級茶；「一」是生產單位，即昆明廠。

二〇〇五年之前，普洱茶都沒有標註生產年份，因此消費者也難以辨識何謂「老茶」，李嘉提供一個簡單準則：「首先看外觀，茶表是否乾淨油亮，條索清晰，有無霉斑；也可以直接拿起茶餅，哈一口熱氣，聞看看是否有霉味，以無霉味為佳。」若有時間，可請店主泡不同級別的普洱，用自己的嘴巴去品味。洗茶過後第一泡　浸泡一分鐘後再品嘗茶湯，若口感有霉味，則非佳品。另也可以觀察湯色，顏色可能深，但不能渾濁，光線可穿透。入口感覺清，無雜味，回味溫和者為佳。

消費者不必以特定年份、特定樹齡、樹種或特定廠家為購買依據。市場上力捧的品牌多半是中茶和勐海茶廠出產的普洱，但包裝造假者也不在少數。李嘉說：『好茶得靠天時地利人和，天氣收成和加工、收藏環境都決定茶葉的好壞。品牌和年份僅可以做為參考，最重要的是相信自己的嘴巴。」

有了好茶葉，該如何沖泡出一杯好茶？李嘉引用大陸知名的白水清老師多年經驗：「普洱茶正確沖泡方式，水跟茶的比例是二十比一」。泡茶水溫則以「蟹眼魚目車輪聲」為準則：「蟹眼」是水滾時水泡像螃蟹眼般大小，此時最適合泡綠茶　水再滾些，

水泡如魚眼時適合泡滇紅；聽到水滾發出咕嚕咕嚕如車輪聲，表示水全沸了，則是泡普洱的最佳水溫。

　原理上，海拔近二千五百公尺的麗江、沸點只有攝氏八十六度，並不適合泡普洱茶；再加上氣候乾燥卻缺乏相對濕度，儲藏條件並不適宜；不過李嘉認為此地反而最適合選購普洱，「在台灣放五年所產生的湯色變化，在麗江可能需要八年。同時這裡海拔高，沸點低，茶葉無法充分舒展，在這裡嘗到不錯的茶，帶回台灣泡，絕對錯不了。」

群品茗茶

地址：麗江古城新義街積善巷41～42號

電話：888-5184527

攝影：林明毅

我在麗江　有個門牌號碼

移民彼岸，從台北的中產階級出走

世界主題之旅42

文　　字	甯育華
攝　　影	甯育華

總 編 輯	張芳玲
書系主編	林淑媛
美術設計	楊啓巽工作室

太雅生活館出版社
TEL：(02)2880-7556　FAX：(02)2882-1026
E-mail：taiya@morningstar.com.tw
郵政信箱：台北市郵政53-1291號信箱
太雅網址：http://taiya.morningstar.com.tw
購書網址：http://www.morningstar.com.tw

發 行 所	太雅出版有限公司
	台北市111劍潭路13號2樓
	行政院新聞局局版台業字第五○○四號

印　　製	知文企業(股)公司 台中市407工業區30路1號
	TEL：(04)2358-1803

總 經 銷	知己圖書股份有限公司
	台北公司 台北市106羅斯福路二段95號4樓之3
	TEL：(02)2367-2044 FAX：(02)2363-5741
	台中公司 台中市407工業區30路1號
	TEL：(04)2359-5819 FAX：(04)2359-5493
郵政劃撥	15060393
戶　　名	知己圖書股份有限公司

廣告代理	太雅廣告部
	TEL：(02)2880-7556 E-mail：taiya@morningstar.com.tw

初　　版	西元2007年06月10日
定　　價	290元

(本書如有破損或缺頁，請寄回本公司發行部更換；
或撥讀者服務部專線04-2359-5819)

ISBN 978-986-6952-46-3 978-986-6952-42-5
Published by TAIYA Publishing Co.,Ltd.
Printed in Taiwan

國家圖書館出版品預行編目資料

我在麗江有個門牌號碼：移民彼岸，從台北的中產階級出走 / 甯育華文字. 攝影. -- 初版 --臺北市：太
雅, 2007年[民96]　面； 公分. -- (世界主題之旅：42) ISBN 978-986-6952-46-3 (平裝)

855　　　　　　　　　　　　　　　　　　　　　　　　　　　　　　　　　　　96008132

很高興您選擇了太雅生活館(出版社)的「世界主題之旅」書系，陪伴您一起快樂旅行。只要將以下資料填妥回覆，您就是「旅行生活俱樂部」的會員，可以收到會員獨享的最新出版情報。

這次 買的書名是：世界主題之旅／我在麗江有個門牌號碼 （Life Net 42）

1.姓名：_____ 性別：□男 □女

2.生日：民國_____年_____月_____日

3.您的電話：_____地址：郵遞區號□□□_____

_____

E-mail：_____

4.您的職業類別是：□製造業 □家庭主婦 □金融業 '□傳播業 □商業 □自由業
　　　　　　　　□服務業 □教師 □軍人 □公務員 □學生 □其他_____

5. 每個月的收入：□18,000以下 □18,000~22,000 □22,000~26,000
　　　　　　　　□26,000~30,000 □30,000~40,000 □40,000~60,000 □60,000以上

6.您從哪類的管道知道這本書的出版？□_____報紙的報導 □_____報紙的出版廣告
　□_____雜誌 □_____廣播節目 □_____網站 □書展 □逛書店時無意中看到的
　□朋友介紹 □太雅生活館的其他出版品上

7.讓您決定 買這本書的最主要理由是？
　□封面看起來很有質感 □內容清楚資料實用 □題材剛好適合 □價格可以接受
　□其他_____

8.您會建議本書哪個部份，一定要再改進才可以更好？為什麼？
_____

9.閱讀這本書的心得是？
_____
_____

10.您平常最常看什麼類型的書？□檢索導覽式的旅遊工具書 □心情筆記式旅行書
　□食譜 □美食名店導覽 □美容時尚 □其他類型的生活資訊 □兩性關係及愛情
　□其他_____

11.您計畫中，未來會去旅行的城市依序是？ 1._____ 2._____
　3._____ 4._____ 5._____

12.您平常隔多久會去逛書店？ □每星期 □每個月 □不定期隨興去

13.您固定會去哪類型的地方買書？ □連鎖書店 □傳統書店 □便利超商
　□其他_____

14.哪些類別、哪些形式、哪些主題的書是您一直有需要，但是一直都找不到的？
_____

填表日期：_____年_____月_____日

太雅生活館　　編輯部收

台北郵政53-1291號信箱
電話：(02)2880-7556

傳真：(02)2882-1026
(若用傳真回覆，請先放大影印再傳真，謝謝！)

太雅生活館

有行動力的旅行，從太雅生活館開始